歲月的跫音

心水 著

本書作者心水。

代序　留待天空來丈量

武陵驛

十七世紀，倫敦爆發大瘟疫，疫情來得凶猛。劍橋聖三一學院也不得不關閉。牛頓因此被迫回到出生地伍爾索普莊園，在一年多的隔離歲月裡，他發現了改變世界的萬有引力定律。那年被稱為牛頓的「奇蹟之年」。二十一世紀，全球大瘟疫復燃，心水老師也在為疫情困頓的隔離生活裡，完成了這部短、微篇小說集。對於行過近兩百座城池、逾百萬公里里程的高齡寫作者來說，這樣的寫作經歷、精力和成果，不妨視作心水的「奇蹟之年」。

心水老師諄諄囑我為此代序，這不僅是對一個海外文學寫作後輩的信任，更是才況不逮的小僕的榮耀，教筆者唯有誠惶誠恐。鑑於心水老師非但是怒海餘生、著述勤勉的耿介文人，也是本城方正敦良的德高僑領，一時之間，教我不知從何處落筆是好。

回想認識心水老師的緣起，當是澳洲作家沈志敏兄的引薦，得以加入心水創建的「世界華文作家交流協會」。第一次面晤，應是在新金山圖書館舉辦的世華交流協會改選，見到了從新加坡趕來的新任郭永秀會長以及老會長心水，彼時文友雲集，高朋滿座，往來喧嚷無白丁。

及至再次會面，已是墨爾本封城期間的二〇二〇年了。大災之年，趁解封間隙，蒙心水、婉冰夫婦熱誠相邀，志敏兄和小僕叨擾其大隱隱於此的查德斯通市，在附近的上海風味餐館小敘，席間無酒可把，然賓主言談甚歡，曾相約下次換到小僕處作東。誰知，此後疫情纏綿，封城不斷，竟而連封六次。墨城創下新冠病毒疫情封城世界時長之最，此約難踐，唏噓不已。

時值疫情時代展望，歐洲正兵荒馬亂，東亞也頻頻清零，幸得書齋半日閒，容小僕用拙筆為其細細數算文學征程。心水，本名黃玉液，常用筆名醉詩、無相、老黃，祖籍福建廈門翔安，生於越南湄公河畔巴川省。幼酷愛文學，十七歲即開始創作生涯，至今著作等身，已出十二部文學作品，雜文集《散沙族群》將刊行。長篇小說《怒海驚魂》完成英譯，為著名英文出版社買下版權。迄今共獲海峽兩岸暨澳洲頒發十四項文學獎，以及十五種服務獎。先後與文友聯合創辦「風笛詩社」、「澳洲華文作家協會」、「墨爾本華文作家協會」、「維州華文作家協會」，並獨自創辦「世界華文作家交流協會」，目前已吸納一百三十餘位作家、詩人、學者，分布世界各大洲。心水不虛此生，為宏揚多元文化和承續華語寫作傳統竭盡全力，尚未到蓋棺論定，然而，確已臻於海外華語文學前輩的風範。

心水的小說師承淵源無疑是傳統的，接續了東南亞華裔寫作的一支，可以辨認出其中國古代話本演義的影響，十九世紀現實主義的根基，乃至以金庸為首的港澳武俠小說的薰染。在他的短篇小說世界裡，焦點大多貫注在移民落地前後情與愛的糾纏上，塑造的人物有家花不及野花香的木星（《情劫》），有僥倖沒有鑄成性過錯的宇文德（《換妻記》），有基於在越戰期間教書經歷、更接近於作者本人形象的安海大哥（《歎息湖》），也有在驀地閃現幽靈般出現又隱遁的阿蘭（《美麗的錯誤》），有被信仰之愛救拔出欲望之海的林秋（《不變的救贖》），但也有在澳洲種族歧視中直面抗爭的勞倫斯（《東方人》），而這個勞倫斯當然也就是《歲月的跫音》中的那個作者自況黃坡。心水對家庭價值的看重、對澳大利亞的感恩以及對家鄉南越的熱愛全都躍然紙上。

心水的長篇再現了早年的越戰逃亡、怒海浮生，他的短篇則續寫了中年以後安居澳洲的生活點滴，雖有題材和篇幅差異，兩者卻是一體兩面地和諧。作家未必文和人合一，然而，心水的短篇小說，的確文如其人，透出正直誠懇的價值觀，並不炫示技巧，筆力樸拙，行文平實，全無西化的句式，煥發著鮮明的東南亞華語寫作光彩，卻已經走到熔異域風土與華裔人情於一爐的軌道上。在筆者看來，這是一些對讀者娓娓道來的「親近而溫暖的話」（里爾克語）。

心水的創作成就，主要在於以投奔怒海的個人經歷為基礎而作的兩部長篇小說，業已成為越戰華語寫作的經典名篇，在此無須贅述。心水其人，作為澳洲華語作家個案，我們仍然可以從他所作的短篇小說和微型小說，來研究海外華語文學的發生、發展、變化的曼妙姿態，認識其中濃得無法化解的原鄉之情和新鄉之結。

如果說澳華小說創作是一扇照進旭日光線的天窗，心水的小說便是飛過天窗的那群晨鳥中間的一隻，不以絢麗多彩的羽毛傲人，卻是翩然的早起者、先行者，翅翼所達到的高度，也許容不得我們這些後輩妄言，卻要留待天空來丈量。

二〇二二年六月二十六日，於墨爾本鷹山

自序　歲月悠悠今生無憾

心水

自二〇一九年開始傳播的新冠病毒，已為禍世界幾年，人類在這場災難中，被迫改變了生活方式，一切往昔視為當然的社交應酬，幾乎全停頓。前往各國觀光旅遊或探親，都因病毒瘟疫而被迫裹足。

因為少了外遊及社交酬酢，時間自然變得充裕；每天定時開電腦敲鍵、撰稿創作文章，包括散文、雜文、時事評論、微型小說、短篇小說、詩作與漢俳等。寶貴的光陰並無虛度，始終抱持「日日是好日」的心情，過著如古代隱士般的日子。

疫情爆發前剛編好了一部十二萬字的雜文集《散沙族群》，本預定出版；卻被驟然襲至的新冠Covid 19所阻，始料不到的是，這場世紀瘟疫竟拖延了將近三年而仍未見曙光。

空閒時查閱存檔、也檢視已出版的十四部著作（包括兩本長篇的再版發行），始知還沒有出版過短篇小說。心血來潮再統計這類文體的篇數，只得二十一篇，不夠獨自成書，為了讓這些作品結集，只能在不足的字數裡、將微型小說補上。如此，才會有了這部小說選集。

古籍提及書生或文人，要讀萬卷書和行萬里路，對於我這位「百無一用」的書生來說，自己都不知道是否有愧對「書生」這個稱號。故抽空找出曾撰作的遊記、採風所拍的圖片，點算出曾到過十九個國家，觀光了一百九十二個城市。足跡遍及美、加、歐洲及東南亞等地區，早已大大超越了萬里路的行程啦。

至於萬卷書的閱讀量，更是越過前人無數倍了；古人是「人生七十古來稀」，書冊每卷的容量也少於如今的實體書。這部小說集預訂明年初辦新書發布會，屆時我已年屆八十高齡了，託福體康尚良好。

每日都要捧讀書報，從在初中求學時的十餘歲到如今，已超過一甲子歲月裡，我都養成在空閒時閱讀的習慣，因此才敢託大早已讀書破萬卷啦！

收錄此集的微型小說（也稱極短篇）有三十二篇，短篇小說二十一篇，總共接近十二萬字，一如幾部以前在秀威公司出版的拙著頁數。

這部小說集將是我餘生呈給讀者們的最後書冊了，八十老翁辦新書發布會想來也不多見吧？

感謝定居墨爾本的上海才子武陵驛文友，花費時間為拙著撰序，讓拙作增光。感恩在臺北的靜霓老師，為書中篇章校對暨修正錯別字。特別謝謝內子婉冰操持家務外，更無微不至地關懷與照顧日常生活，使我安心敲鍵創作，是為序。

二〇二二年五月二十一日深秋，於墨爾本無相齋

目次

輯一

微型小說

幻

下班前喝了幾杯啤酒，腳步輕浮，踏著月色到火車站。恰恰奔向墨爾本的火車馳進了史賓威市車站月臺，自動門一開一關，我人已在車廂裡。

空蕩蕩的整節車廂竟無其他乘客，找個靠窗的座位，好往外認清市鎮名稱。才坐下，左邊居然是位女人，我揉了揉眼，自個兒搖搖頭，敢是先前眼花？算啦！如果再換位置，會顯得不夠紳士。

點點頭、笑笑，她淺淺張開嘴，一口整齊雪白的牙齒，彷彿在說話。原來是張東方面孔，兩人排排坐，有點莫名地難為情，我先開腔：

「對不起，我不能反方而坐。」

「沒關係，我也是，我們的耳水平衡器都有問題。」

「哪兒來的？」有個人聊聊，倒不寂寞。我是個愛說話的人，何況又是位妙女郎。

「來的地方來。因為我姓貝，朋友都叫我小貝。」

「我姓黃，大家都叫我老黃！」

「你不老啊！我猜你該是屬猴的。」

我嚇了一跳，側身望她，她正好也瞧過來。五官端正的一張容顏，微微又露出那排可愛的皓齒說：「我自己也是屬猴。」

「妳不像那麼……」我本想說一個「老」字，總算忍住了。

「當然，生肖屬猴未必都和你同年；你像個文人，我很久以前也愛動動筆。」

「妳以前見過我？或者認識我的朋友？」

「你的陽氣很重，我們從未相見。其實，相見又何必曾相識呢？」

「妳怎麼會猜到我的一些事？」

「你的拇指紋和我也相同。不信？請伸出手來。」她笑著，我的背冷冷的有一種寒意無端襲來。我躊躇著，期盼火車快點到站，又好奇地伸出手掌，她冰冷的手指也已觸及我的掌心。對比之下，那兩個拇指果然都有個明顯的小圈。

「我們都是有點小聰明，性格、生肖、愛好皆相同；可惜你已早早成婚，況且，陽氣太重啦……」她無緣無故地笑著，再說：「我今天好開心，終於可以讓你相信一些你從不信的問題。」

火車總算停站了，電動的門竟拉不開，我失去紳士風度地兩手出力碰撞，車門剎那開啟啦！匆匆衝出車廂踏上月臺，往回望，火車裡的小貝已不見，她的聲音卻在我的耳朵內輕輕地響起……

二〇二一年仲夏，於墨爾本無相齋重修

惑

踏入了不惑之年，成果自信以後將是人生一段黃金時刻，埋葬過去，斬斷種種欲望，用中年成熟去迎接美好的日子。

戴上了眼鏡，呈現視線的五光十色更加清晰，他歡喜無限地和朦朧迷茫的歲月揮手。書報上的字粒彷彿也展顏相向，透過鏡片爭相奔入他的腦波思維內，充實些有關與無關的訊息。反正，這是個是非、左右、黑白、正邪也很難下定義的社會，太認真吃虧的是自己。

成果有個一次缺水的恐怖經驗，那次汽車在中部旅行時發生毛病，日頭蒸發著荒野，茫茫天地無情地將孤獨拋給他擁抱。死寂的公路像睡死的蛇，任他祈求呼喚也不醒，存水瓶早已點滴皆空。喉頭漸漸乾渴，先還有口涎可嚥，慢慢唇焦似火燃燒擴散，猶如被惡作劇般拋入烤乾器，體內的液汁也從毛孔流湧。世界於他已只剩下一個意念，唯有水是至切的，在千萬種幻念顯現中，直到黃昏，才從原住民的水袋裡尋回他生命的光輝。

從此，他駕車遠行，各種各樣的汽水、蒸餾水務必裝滿車廂，他悟出了水是生命不可或缺的飲料。自然，那次乾渴滿足後，接替而起的是與飢腸作戰，汽車修復後再上路，腦電波拼圖而現竟然是炸子雞、燒鴨、煎蛋、炸魚、清菜沙律，最後是隨處可買的漢堡包。餓的訊號像警報，成果不想它，內臟功能竟群起進攻，前線告急，終於挨過了四百公里長途，四肢虛脫，肚皮才鳴鼓收兵，鄉村的小店那份熱狗竟然令他飄飄欲仙。

飽暖後，該死的丹田不遲不早就在荒村旅舍的雙人床上徐徐升熱，王老五生涯他早已習慣，最怕的是如週期性突擊的欲念。來無蹤去無影般，竄上後熱浪滾滾，小鳥不安於室，振翅欲飛的感覺宛如奔騰的血液。他披衣而起，像餓狼般衝出旅舍。夜已沉睡，小城鄉沒有俱樂部也沒有紅燈區，他頹然返回旅舍，赤裸奔入浴室企圖用冷水澆熄火種。這剎那縱然有位土著女人出現，他必將用身邊擁有的存款、手錶、相機等物質去換取滿足發洩的快感。他終於在幻念中用自己痛恨的手去玷污身體的器官。

成果養成了一個特別的習慣，喜歡洗手，每次洗到忘卻時間，他要洗去的是心靈恐懼的那種污穢。可是，越洗手那種要命的念頭卻越熾烈。

他悟出了自以為是的大道理：男人不能少了女人！四十以後，他成熟的大智慧果斷地決定掛過電話給報社廣告部，成果決心告別王老五隊伍。女人是水，女人是熱狗，女人是維他命，成果讀著自己的徵婚廣告，微笑溢上五官。

二〇二一年二月季夏，重修於墨爾本無相齋

出軌

才能[1]外表忠厚，給人印象是老實相，年逾不惑，過慣了朝九晚五的上班族日子，生活再無期盼。一對兒女亦漸漸成長，不必再操心，是幸福家庭的寫照。

與太太朝夕共處了十餘年，當年追求的校花早被歲月搓揉到變了樣；加上不注重儀容，風華難再。也不知是日久生厭或工作壓力，近年來夫妻已少魚水歡樂。反正各忙各的，她做護士又常值夜班，天亮回家，一丈之夫和兒女都外出了；少見面的好處就是減少摩擦。

去年平安夜，才能難得陪太太參加朋友的舞會。平素並不熱衷跳舞的才能，被太太的上司寸姐主動邀舞，卻之不恭，勉為其難地與這位風韻猶存的護士長隨著音樂踏步。一陣幽香淡淡發自舞伴身上，始終笑意盈盈的寸姐輕談細笑，彷彿是情侶般無所顧忌。

寸姐烏黑長髮飄垂，聲音柔軟，想必是擁有好嗓子的聲樂家？傾談中才知她果真是業餘歌唱團成員。彼此投緣，回家後，腦內竟不斷浮起她撩人的笑姿。也不知何故，設法在妻子口中想多瞭解些寸姐的生平。

總算探知她在姻緣道上坎坷多難，與丈夫貌合神離，雖沒分居，也早成了怨偶；因而，週末或

---

1 混元禪師發行《中華道統血脈延年》，萬家姓氏中，「才」姓排第十八號，「寸」姓排第一八四號。

假日多愛交遊，尤其是跳舞，說可在音樂中忘情忘我。

才能對自己內心不為人知的漣漪，最苦的是對方是太太的上司，真不敢造次，萬一是自作多情，被她向太太洩露，那將家無寧日啊。唯有強將那揚起的波濤壓抑，不讓其泛起。

日子平平靜靜，沒想到太太居然到史賓威中華公學圖書館學習電腦，說寸姐也一起報讀。學會中打後，才能家用的電腦，被存入大新倉頡的軟體，太太也開了個易妙（Email），從此成了網迷。

無意中得知了寸姐的電子郵址，心血來潮，才能向寸姐發出了第一封問候信。

接下來的是等待回音，可是傳去的易妙如石沉大海，有去沒回。他不敢再寄，但收到友人轉來的圖片、笑話或醫療訊息，轉發親友時，沒忘記也將寸姐的郵址勾上。偶然，也同時轉給太太。

太太上網後，臉上經常展露笑容，宛若網中存在著不為人知的開心事。

他卻變成心事重重，每日打開電腦，必首先尋找有無寸姐的來郵。失望又失望，只能打開相片簿，觀賞那次共舞後的合影。有幾次忍不住打電話到她家，本想試探，可惜每次都是她老公粗魯的回話。

醫院舉辦職員假期旅遊，往南澳三天，太太說與上司寸姐同房；回家後談起，也是滿口寸姐如何如何……可惜他不能參加，不然總有機會和寸姐傾談。才能知道，要贏得女人芳心，首先是打開她的心扉，進而攻心，最後偷心。沒有機會不能接觸，掛電話會留下紀錄，電郵她又不覆，唉！真是難、難、難啊。

電腦操作算還是生手的太太，那天死機，無法關閉，趕著上班，碰巧丈夫剛回家，就對老公說電腦弄壞了。才能用過晚餐，坐到桌前，敲擊鍵盤，沒幾分鐘卡住的螢光幕又復活了。

從來不知太太的電郵客戶是誰，好奇心起，反正是她沒關機，又非存心偷看。在郵箱掃描，除了兒女及自己的郵址外，讀後還沒刪去的郵件大半是化名「雪花」的，郵址竟然是寸姐所有。試著打開：

「甜心，妳太棒了，愛撫技巧一流；他無福享受啊！雪花。」

「親親：南澳幾天真開心，與妳共枕，妳比臭男人好上幾百倍呢。我是妳的，永遠都是……妳的甜心。」

「甜心，我早已和一丈之夫分房了，妳呢？為了證明妳的愛，妳也要和他劃清界線啊。雪花。」

「親親：他對我完全沒興趣，是表面夫妻罷了；再也不會讓他碰我了……」

「甜心，平安夜我幫妳試探他了，他整晚色迷迷地摟我，想吃下我似的。哈哈，妳還說他不是男人？」

「我有點擔心，咱倆發展下去，兩個家庭都會影響呢？」

「甜心！別怕，誰會知道呢？誰會懷疑啊？深吻妳，妳的雪花。」

才能手腳冰冷，遇到寸姐後，面對太太時，內疚地以為自己出軌！他大吼一聲，咬牙切齒地關閉電腦……

二〇一〇年五月十四日，於墨爾本

古玉

認識古玉，後來才知那是我的宿命。她本來是我上門家教的學生的單親媽媽，一位事業心重的知名女強人，活躍在僑團社交圈子裡。俗語說「寡婦門前是非多」，正應了這位風姿綽約笑容可掬的女強人身上。

為她獨子古豪補習功課，閒談時點滴知道了古玉在天安門事件前的出國潮時隻身來澳洲。為了居留而再嫁給比她大了十多歲的洋人，酒鬼丈夫遊手好閒，沒幾年忍受不了而離婚收場。

風韻猶存的單身女士，蜂蝶繚繞不在話下，寂寞孤獨時難免對異性動心，因而招惹了不少是是非非。兒子古豪整天都難得與忙於生計和酬酢的媽媽見面，對母親放棄國內的父親，心底就存下芥蒂，後來再被洋後父虐待、母親身旁的異性不斷更換，他的不滿日漸積壓，心裡因自己不像那些有個美滿家庭的同學那樣幸福，而常感自卑，漸漸形成內向及寡言的性格。

偶然在家教後，遇到古玉在家，她總熱情洋溢地又是茶又是點心地捧出來款待我；先是談談古豪的功課，熟了再涉及個人生活，進而時事新聞、文學、音樂、藝術都能侃侃而談。驚訝於她的才情後，也不知是被她那甜甜的聲音吸引或是被她誘人的笑靨所惑，更多的該是被她豐富的學養和人生經歷所感動。只要她在，教完課我真捨不得離去，能和她聊天，對著那張風霜盈溢、我見猶憐的美容顏，我的心、我的魂竟如中蠱般難於自制了。

我有個完美的家庭，二十多年的婚姻生活，無波無浪，夫妻都要完成人生使命，把三個子女帶大，等將來含貽弄孫之樂的日子，於願已足。家教是半退休後不想太過空閒而打發時間，和學生在一起，是我最快樂的時光。而古豪的少年老成，那份憂鬱多愁的臉容，使我因同情而好奇，再而捲進了絕無想到的「秋之戀」。

每週有個晚上，不知是有意或無意，古玉總會留在家中等我教完書，就和我一起閒談；古豪初始還待在廳裡，後來因對我們的話題不感興趣，補習完便回房間。無形中解除了我為人師表的面具，對古玉的注視也漸漸難於控制，心與心如此這般地交流，心靈開始互相感應。而古玉早知我是有婦之夫，對我再三表白，不會再惹禍上身了。

女人的話，是可能變非，所謂欲拒還迎；本來以為心靈有了默契，進一步自是身體接觸，可沒想到她對我，完全視為知己那類，目的是有個豐碩學問的男人陪著打發寂寞的時光而已，絕不肯與我越軌。

多年的夫妻關係，太太對我完全信任。說實在，所有親朋都讚美我的大福氣，說能有如此賢慧妻子是幾生修到！因此，我每次從古玉處回家，面對太太時，往往有犯罪之感，可又無法擺脫心中對古玉的非份之想。

多年來，每週一晚是古玉要到城裡辦公，她去火車站時，正好是我教完古豪，本想送她去車站，但午夜回程，她是無法步行回家。為了能多陪她，我就尾隨她車後，到那個東南區線上的火車站。小站月臺，乘客不多，未到八時已寂靜無人。

「岩老師，快回去！」古玉微笑趕我走。

情到濃時我失魂落魄，只想親近她，多接近她，多瞧瞧她。明知如此苦戀，總難開花結果。古玉若即若離，讓我摟摟抱抱，卻連個吻也堅拒，說因不想我身敗名裂，不願我後悔。她也非壞女人，希望我尊重她和瞭解她的苦衷。

那夜下雨，她披上紅色外套，在月臺木椅上忙著打手機。我見無人，偷襲似地在她臉頰印下個深情的吻。她回眸生嬌，笑著趕我離去，免得被人瞧到引起婚變。我痴痴地望著她，柔情無限，如何肯先走？等火車進站，見她踏入空車廂，在玻璃窗前淺笑揮手，我的心彷彿被她牽扯隨她而去，失魂似地追著開動的火車，直到火車消失在視線外……

想著她，我迷茫中橫過鐵軌，另一部特快班車飛馳而來，然後，我竟再也沒有回家了。

夜夜，我必在月臺等古玉，那份愛濃得化不開，每週瞧到她一次，可惜她並不知道，我的眸光一直追隨著她婀娜多姿的背影。

太太百思不解，我的屍體為何會橫躺在小城火車站月臺下的鐵軌……

二〇二〇年二月二十二日，修訂於墨爾本

偷情

婚後七年膝下猶虛，他對妻連個蛋也生不出，口裡不敢講，心底可失望加生氣。每次見到雲英未嫁曲線玲瓏浮凸的小姨，不免綺念滋長。又後悔當年鬼迷心竅，怎會看上妻這類如飛機場跑道那麼平坦的女人，別說生育，單單在撫摸時都引不起浪漫氣氛。

每次做愛變成例行公事，腦裡幻想小姨豐滿的裸體。假如娶的是小姨（一時忘了結婚那年小姨才十二歲），啊！真是再無憾事。

女人心都很剔透，小姨從他色迷迷的眼睛，已讀到了姐夫蠢蠢欲動的歪心事；沒人時偶然也拋個微笑，把他的三魂七魄勾到雲端耍耍，以證明自己的魅力有多強。

撒嬌暗示，要花有花，要名牌有名牌，反正是姐夫，怎麼說也是一家人。他三天兩日往岳父家跑，岳父母自然滿懷高興，乘龍快婿孝心可嘉，水果、點心總沒空手來。見到小姨，正正經經，沒人在場時自然是另一番現象，所有追求術的功夫全施展。小姨若有意似無情，禮物照拿，鮮花照收，祿山爪的動作才起念，她已冷若冰霜，翻臉不認。越難得到的越過癮，他狠狠告誡自己千萬要耐著性子，小妮子早晚逃不掉，肥水不流外人田，不吃白不吃。

那晚妻千倍溫柔羞人答答地裸在他懷抱裡悄悄說：「我有了。」

「有了？」他腦裡全是小姨倩影，茫然不知妻在講些什麼。

「等了七年，你好像不高興？最好是男的，你要起個好聽的名字。」

「妳是說孩子？呵！那太好了。」他興奮地從夢裡走出來，心忽然冷卻，有孩子，將來怎麼收拾？早不來遲不到，唉！

「阿娥也有了男朋友，我們姐妹都很高興呢！」妻熱情地摟緊他。他手腳冰涼，像冷水淋濕全身，欲火消滅無蹤，恨不得立即找到小姨問個清楚。

岳父母到中國觀光，真是天賜良機；死纏的結果，小姨終於允他單獨相見，就在家等他。他打了新領帶，噴香水。妻一早出門去看婦科，回來他已上班，神不知鬼不覺，想到開心時嘴角泛滿笑意。

經過花店選了一打玫瑰，準時到岳家，心底已準備好，無論如何今天要排除萬難，把到口的天鵝肉吞下，免得夜長夢多。

按鈴，她千嬌百媚地應門，接過花，主動地挽著他，親親熱熱地走進廳。

他的心忐忑不安跳動著。想不到那麼順利，她溫柔地被他摟著走進睡房，他勝利的笑容忽然凝固了——妻用死魚般的眼睛盯著他，小姨一手將他推開說：「大姐！追求我的男朋友來啦！」

「果然是真的。」妻的眼神冷刃如劍……

二〇二一年四月仲秋，定稿於墨爾本無相齋

報復

他喜歡釣魚，年輕的歲月大半浪擲在看魚掙扎蹦跳的剎那快感。到三十歲那個春天，他釣到了生命中的美人魚。婚後，衣成才漸漸瞭解美人魚很愛錢，去釣魚，是花錢的事。她許是在八卦雜誌或什麼御夫術專書上學會些皮毛本領，初試啼聲，居然應驗。

衣成才的欲念難於自制，每有索求，她半推半就地說：「禮拜六我們一起去燒烤，你不要釣魚，好嗎？」

「我約了老許，妳去燒烤，我釣魚。」

「你要釣魚就別碰我。」說完轉身，撥開他的手，他在興頭上，火辣辣、硬梆梆地，狠下心應允去燒烤，熱火才可降溫。

終於他再也無法臨河垂釣，要美人魚，只好放棄看魚上鉤之樂趣。孩子出生後，開支增加，他週末加班，多點錢，她眉開眼笑。索求時就爽快些，彷彿是一種　品，也像是恩典。只要乖乖地聽話，什麼時候要都行，不然，哼！

衣成才也賭過氣，忍無可忍，衝到廁所自己解決，整整十來天沒碰她；她卻主動挑撥，讓欲火燃升後，才審問：「你外面有野女人啦！居然不用求我了，是不是？」

「錢都在妳手上，怎能在外偷香嘛？主要試試，你沒有是否能受得了，難道那全是我過癮嗎？」衣成才雖有氣，卻低聲講，他怕吵醒兒子。

「有本事就別碰我，當然都是你爽啊！我什麼感覺都沒有，弄大肚子，慘的、痛的全是我。哼！如果你敢在外面亂搞，我就和你一刀兩斷。」她轉過身就睡了。

欲火早熄了，為了無辜的孩子，那個念頭想也不敢想，她居然掛在嘴裡。忍吧！老許說他拍老婆，沒半點男子氣概，只要敢反抗，她就會改變。再不然，大不了離婚算啦！針不刺肉不疼，老許還是王老五，講什麼都是一樣。唉！不看僧面看佛面，孩子總是自己的骨肉。

經濟不景，工廠沒班可加，她要他去考駕駛的士（Taxi）執照。這些年來他已經對她言聽計從，完全是個好丈夫，在獅吼裡度日，像隻綿羊。索求也少了，每次心驚膽戰，高潮什麼的，再無這種爽，倒不如釣魚的樂趣。

那晚，她因為他翌日肯去駕駛出租車找外快，高興地給他恩寵，可怎麼弄總是隔夜油條，他心裡神馳於釣魚的種種快事，忽然耳際吼聲起：「你最近怎麼搞的，說！」

「我不知道，也許是反抗吧？」他懶懶地說。

「我最近看了《龍虎豹》[1]才懂，你卻變到不像男人，你除了去死，你這種男人也會反抗嗎？」

她再也沒想到，他的反抗是那麼突然，他的計程車悄悄放了釣具，載客半天，半日釣魚去，只是把上鉤的魚送給釣友們。她給他煮壯陽的食物，迫他吃補藥，給他吞偉哥，陪他找醫師，什麼方

[1] 《龍虎豹》是色情畫報。

法都用盡了，不舉依舊。

她已經懂了男歡女愛的滋味，咬牙切齒地忍著。衣成才再也沒有任何索求，直到如今，他才有抹笑意掛在臉上，這個報復還算不遲呢！

二〇二〇年六月初冬，於墨爾本無相齋

宿命

丁竹個子適中，身體略胖，和他的名字頗不相稱；給人印象是既富且貴，但一張臉老掛著嚴肅相，彷彿心事重重。無人知道他內心的世界，外表真的很幸福的樣子，一對子女已進讀大學，妻子賢慧，雖有令他感覺「氣管炎」（妻管嚴）的症候，無非為了她全方位的愛情。

說愛情容不下一顆沙，對丁太太來講是絕對恰當；她本來是很大方得體，嫁給丁竹後，從丁家上下閒聊中得知，早年丁老夫人給她這位三代單傳的獨子排過「紫微斗數」，說在他命宮中是注定「雙妻命」？

這個無意中傳入耳朵的訊息對她可是天大的頭等大事，若果算命先生準確，將來豈非要和別的女人共事一夫？什為都可商議，唯有這件事絕難妥協。

這個陰影像夢魘般深埋心底，她在往後多年的婚姻生活中，除了施盡了媚功外，對丁竹的行動樣樣掌握，在家庭、事業上亦給予許多協助，賢內助之名真的實至名歸。

丁竹這些年來偶然心中揚波，幻想命定的另一個嬌妻不知何時出現，但念頭也是稍縱即逝，根本沒有單獨應酬或外遊的機會。連當年太太「坐月子」時，他也每日要報告行蹤，大部分時間還是乖乖地在醫院相伴；而且初為人父，那份開心，也容不下其他心思。

過了知天命之年，妻子對於魚水之歡恍若患上了冷感症，再不像往昔，那套媚功早拋諸腦後。

丁竹早已因為「妻管嚴」成了習慣，沒有妻命，真不敢隨便有何異動，久而久之，丈夫氣勢已無存。太太偶爾想起這麼多年來對先生的控制，總算平安無事，那個胡說八道的相命先生是應該拆卸招牌的，可惜不知他是死是活。

老丁在婚後幾年，因為受不了妻子的嚴厲對待，暗中也想過反抗，要出軌給她點顏色看；可惜事與願違，還未有實際行動，計畫已完結。他參加了筆友遊戲，只通過幾封信，連個情啊愛啊的字眼還來不及傾訴，已被太太識破。那次鬧到灰頭土臉，為了小兒女，千錯萬錯都認了。

前年兒子整日對著電腦，除了功課外，也沉迷於交網友。丁竹閒到無聊，和兒子感情特別好，讀大一的兒子就把電腦的一些基本知識傾囊相授。於是丁竹閒來就在書齋裡上網了。

丁太太對於這類新科技敬而遠之，且已年過半百，良人也漸漸老去，難得他不花天酒地，整日待在書齋。起初好奇，試過進去觀看，偶然見到他在讀新聞或者八卦影像甚至裸女豔照；管了他半輩子，給他開開眼，反正是電腦內的幻影而已，也就由他了。

丁竹在命相網站上輸入了生辰八字，電腦批出來竟然也斷定他生來是「雙妻命」，而且說必定靈驗，因為命不可改。再試神算網頁，也有相似的結論，讓他平靜的心湖再次揚起漣漪。

向兒子查問了如何交網友，明白後他就打出了一張滿意的徵友個人簡介，年齡減了二十歲，把早年英姿雄偉的相片放上去。想不到竟收到了幾十個分布各處的異性來郵，經過幾月的交往，從中選到了一位三十年華的女士；兩人極為投入，每天易妙往還多封，從無所不談到了情意綿綿。她叫古靈，患上了憂鬱症，但自從「認識」丁竹後，因為愛情的滋潤，她已恢復了正常。

彼此投入，又都見過相片，互相瞭解，到了情根深種的時候，論起了婚嫁，古靈情意濃濃地願意以身相許，嫁他成為「網妻」。

丁竹大喜過望，心中對當年老母為其批下「紫微斗數」及最近在網站相命所判斷，果然成真，那竟是他天生的「宿命」，笑意從此掛上了幾乎僵化的臉肌。

正計畫著如何問老妻給他前往昆士蘭，暗中去會一會「網妻」，不意古靈傳來了電郵：

「阿竹夫君：

謝謝你肯娶我這個醜八怪為『妻』，我的相片是撞車前拍的，這幾年半身不遂後，再無人交往，尤其年初驗出我已患上末期血癌。謝謝你，在我生命末期時給我愛情的滋潤，送我快樂和希望。我一生從未嫁人，你完成了我的心願，能成為人妻，來生必好好報答。

祝福你，我深愛的夫君，永別了。

古靈絕筆」

丁竹的臉頰又再僵硬了……

二〇二〇年七月仲冬，於墨爾本無相齋

娃娃

七姑芳名巧萍、並非排行第七，而是姓七，但一般人均以為她是家中老七，她也不願多解釋。她年輕時美豔一方，因而心高氣傲，對於追逐裙下的蜂蜂蝶蝶不屑一顧，專心在事業上發展，歲月蹉跎而錯過了姻緣道。

年近四十仍然是小姑獨處，外表的風光掩不住內心空虛與長夜漫漫的寂寞難耐。不少熱心的親朋也關心她的終身大事，可是對於一個多金又有本事的女強人，摽梅已過後，是難上加難，久而久之，她也不再存幻想了。

天生的母性使她對嬰兒特別喜歡，也曾動心要領養一個娃娃，試過到孤兒院參觀，抱起時那些別人家的骨肉往往呱呱啼哭，令她手足無措，掃興而歸。

近來上班時心中恍惚，神思老念著孤兒院的那群天真有趣的嬰孩，忍不住查問領養的手續，才知除了經濟能力外，還要短期訓練，起碼要懂得育嬰常識。

在公司閒談中，七姑老要把話題引向養兒育女方面，已做了媽媽的同事熱心地把所知傾囊相授；她是老闆，博取老闆歡心是每個職員所盼望的，因而只要她提及大家莫不爭相發言。

七姑一離開，她們彼此交換著疑惑的眼神，想不通老闆雲英未嫁，為何如此熱衷地要瞭解育嬰知識，眾說紛紜卻並無定論。

木祕書那天下班，七姑已約好請她食晚餐，並要祕書相陪去購買嬰兒用品，包括手推車、玩具、奶瓶、奶嘴等等。

第二天整座辦公室早已傳開了，有說七姑已有對象，或已決心領養，或早有私生子女種種荒謬的胡亂說詞，自然這些謠言並沒有傳入七姑的耳朵中。

老闆心情佳，對員工也是極好的事，近日七姑再無往常那樣老擺著「晚娘臉」，對同事總是笑容可掬。尤其是那些有了小兒女的女同事，能和她交流嬰兒種種趣事，她也津津樂道有關小娃娃的妙處。

隱約中大家從她的話語知悉，七姑真的領養了一個極可愛的女娃娃，晚上夠她忙碌呢；但女娃娃會和她笑，也會哭，還會叫她「媽咪」，令她甜到心底。

假日在她住宅區附近的公園裡，七姑推著嬰兒車散步，在風和日麗、花卉盛開、鳥語啁啾聲中，她享受著寧靜的快樂。累了就停下，坐在石椅上，抱起車中的娃娃，輕憐蜜愛，像初為人母那樣地細心。若遠遠瞧見，誰也不敢相信這位澳洲商界女強人有那麼溫柔的一面。

同事們都知老闆在家養了個可愛的嬰兒，但已經半年多了，不論任何場合或同事間的家庭式友好聚會，七姑從不肯帶同養女亮相，只說太小，怕她吵鬧。她住的高級豪宅，自從領養了女兒後，再不歡迎朋友前往，因此就無人有緣得見七姑的養女。

那天開完會，七姑回家已遲了個把鐘頭。往日開門必聽到娃娃清脆地叫著「媽咪，媽咪」，可這次一點聲音也沒有。她吃驚得還沒來得及脫鞋，就跑向客廳大沙發上，抱起娃娃，左右搖晃，但卻仍是沒半點聲響。

她把娃娃翻轉身，除去外裙，打開娃娃背後的開關，抽出六塊圓形電池更換。才弄妥，洋娃娃的定時發音電源已開動了，清亮的聲音一聲聲地叫著：「媽咪，媽咪……」

七姑臉上泛起了一抹甜甜的笑意，把她的心肝寶貝摟入懷中……

二〇二〇年七月仲冬，於墨爾本無相齋

一哥

家中只有哥兒倆，老大就叫哥，小的叫弟。

讀書時，好動頑皮的哥哥對於父母賜的名字很是歡喜，連老師點名都要稱他一聲哥，真是樂到整天掛著笑臉。

更妙的是祖宗傳下的姓氏，居然是萬家姓中排首位的「一」字，每被罰寫姓名，心中不免對祖先極為感恩，可省下他寫許多筆劃。

生性好動，是練武的材料，小學畢業就離家到了少林寺學習心儀的功夫。沒想到，每天除了跟和尚們誦經外，就是被叫去廚房打掃、挑水、洗菜等等，有做不完的雜役，根本沒安排跟隨師傅習武。

幾年後，一哥已是個少年郎，竟然因挑水而肌肉結實，手臂力氣大，在每年考核試中合格過關，因而被調離廚房，不必再做雜工了。

十年後，一哥學完了十八般武術，最精的卻是伏虎拳，扎實的拳法舞起來虎虎生風，輕易將三幾位師兄弟打倒。最後通過了銅人陣測試，藝成下山。

回家途中，不論在鬧區或市集，遇見不平事，必然挺身而出；在對方無理挑釁下，報名號講出「一哥」時，往往被聞者訕笑：

「哈！你是老大？我呸！……」

「一哥是我姓名，並非什麼老大？……」他總謙虛解說，再教訓那班痞子。那些無行之輩，只會凌辱老弱婦女，面對滿臉正氣的一哥，在他拳頭威力下，莫不被打到呼爺喚娘，恨不得多長兩條腿奔逃。

江湖中，一傳十，十傳百，都說閩南新墟的少林英雄一哥，是百年不遇的武林奇才。回鄉後，早被鄉中年輕人纏著要拜師學武。為了生計，不懂務農經商的一哥，就開設了「一哥堂」武館，正式收徒，傳授少林功夫。

本以為「我不犯人，人不犯我」，豈知世間事往往事與願違。也不知衝著「少林功夫」，或者是因為「一哥」名號而來，每月都有三兩起外地來的武林人士，前來切磋。江湖其實早已沸沸揚揚，都說新墟那家武館，既然敢自稱「一哥堂」，自命天下第一，只要打贏他，即時名揚江湖了。

初始來者還只限於閩南各鄉鎮，一哥對於這些同道，總是忍讓相求，不想在拳腳兵器上傷和氣；可來者都堅持較量，非比出勝敗誓不罷休。也因此，輸者不甘心，又去找其同門，要來雪恥。往後從江南江北都有人老遠前來踢館尋事，讓「一哥堂」平添熱鬧。

一哥的名聲不到兩年時間，早已傳遍了大江南北。真個人怕出名豬怕肥，還是獨身的這位少林好漢，身材健碩，外表英氣迫人，如今不但要應付四面八方前來挑戰的高手，還要被各地名門閨秀及富家千金糾纏，真令一哥煩不勝煩。

與所有來踢館的江湖同道，並無深仇大恨，被迫出手本來就很無奈，又怕出手太重，傷及對方，更難善後；容忍時，萬一失手輸了，「一哥堂」就得關閉，不但自己再難立足，也會影響到少林武術聲譽。前思後想，真讓他左右為難，苦不堪言。

改革開放後，出國大潮令一哥找到了新方向。他明白若待在家鄉，總有一天會遇到真正的高手，到時「一哥堂」關閉，自己聲名受損事小，被傳少林武功不如人，影響宗門事大。有了決心，悄悄辦理好到澳大利亞的留學手續後，他正式將武館前「一哥堂」牌匾拆下，解散了門徒，告辭了家人，隻身遠渡重洋去到墨爾本。

初抵異鄉，語言不通，唯有到唐人街餐館找一份臨時工作。幸好當年在少林寺待在廚房幾年，幹起活來比其他員工快速，深受廚師喜歡。

有了家鄉經歷，他移居澳洲後，不想重蹈覆轍，趕快起個洋名叫「賽門」，不敢再用「一哥」。姓本來不能隨便改，「一」和「于」諧音，硬改成「于賽門」[1]。

週末餐館經常有喝醉酒的洋人鬧事，老闆往往趕快報警；不等警車到達，早已因扭打而引起混亂。有次，正好一哥出到餐堂，巧遇兩個醉漢戲弄調酒姑娘，一哥揮拳，洋漢即時倒地，引起全場歡呼。

老闆訝異，將他轉到水吧學調酒；另一任務是，若有人鬧事，由他出面擺平。沒想到半年前後，武林高手「賽門」之名傳揚唐人街，到餐館要求比試者有之，想追隨學武者也有之。賽門幾經掙扎，終於悄然辭職，轉去鄉間果園隱名埋姓……

二〇一九年三月初秋，修正於墨爾本

1 萬家姓氏中，「一」姓排首位，「于」姓排第九十一。

偉哥

性好漁色的可以師傅[1]早年從事木工，有一雙巧手，經常上門為人裝修房屋；退休後和友輩閒談，最愛誇耀豔遇，活龍活現地將自己講到猶若潘安再世。那些閨中怨婦往往在他做活當兒大拋媚眼，由於他英語流暢，沒兩下子就能與洋婦巫山雲雨，也因此生意滔滔應接不暇。

老伴對他積怨成疾，在他即將退休前含恨而終；已婚的一對兒女自老母辭世後，幾乎不再回來，算是對風流成性的老頭兒報復，好讓老母泉下安息。

可師傅獨個兒過活，那班好事的酒友們，除了愛聽他的色情故事外，也彼此交流些時事。其中一位在醫院當雜工的老古，有次酒意中說起，如今男人活到多老，也仍然可以「快活」如昔。因為如今已發明了一種叫做「偉哥」的回春妙藥，能令老人家們起死回生，強壯如牛呢。可師傅聽後，大為好奇，苦纏下老古才將英文藥名Viagra寫給他。

本已寂寞難耐的可以，自老伴走後，偶爾也春夢纏綿，覺得最苦最悶的事兒，莫過於午夜血氣膨脹翻騰，無處發洩。由於早被人稱做老伯或阿公，那些風月場所，再也不敢前往花費，唯有在漫漫長夜中忍受煎熬。

1 《中華道統血脈延年》：「可」姓排位第一〇七一，「杏」姓排列第二四五八。

那次回家鄉祭祖，雲南姚安同鄉父老們知道這個半唐番可師傅老來喪妻，都熱心為他物色對象。可師傅因為做木工，經常運動，外表那張輪廓分明的臉龐看起來並不老，宛若五十上下。相親時，被一位年近四十的彝族老姑娘杏翠香看上了。對這位能歌善舞的彝族美女，可師傅越看越愛，真是相見恨晚，郎情妾意有若三生緣早訂。

可以細算一下，明知大過她將近三十，應是老夫少妻了；反正自己體健，你情我願，又不礙著誰，於是禮金下聘，歡喜拜訪女方家長，條件都談妥了。回澳洲後，可以即時為未婚妻辦移民手續，將大堆在姚安時二人親熱合照，及在家鄉先辦好的結婚證書一併呈上。

翌年，在可師傅將近七十歲時，美麗的新娘終於到達墨爾本。可師傅早對兒女提起續弦事，但因對老父還在生氣，可以的兒女反應冷淡，自然不會去機場迎接這個同鄉繼母了。

本想在酒樓擺幾席喜宴，因兒女不肯出席，可以唯有低調處理，只帶了杏翠香去皇冠賭場內大吃一餐，也讓她開開眼界。

那晚，有點酒意的老可，回家後真有些猴急，也不等翠香更衣，就緊緊地抱她，吻她，擁她。等要行夫妻之禮時，也不知是酒精作祟或者太過緊張，對著翠香那雪白肌膚、誘惑迷人的曲線，可師傅忽然失去了男人的偉大功能。這一驚，真令他魂飛魄散，有如落下地獄般地恐懼，代之而起的是慚愧到想找個地洞藏身。

洞房花燭夜，本來是人生至美至甜的喜事，沒想到會出現如斯尷尬場面！唯有向妻子推說都是酒精害的事。從此決心戒酒，要做個令太太喜愛的丈夫。

可以翌日匆匆去見醫師，漲紅臉對醫師說起昨晚的尷尬事，並主動要求醫師給他開方買偉哥。

醫師對他告誡，這類新發明不是人人能用，歲月無情，人的體力是隨著年齡成正比，逞強是會有後遺症的。

但在他苦苦要求下，醫師還是給他開了藥方。可師傅歡天喜地地到藥店買了一盒，才知這類藥要付全費，沒有政府補助。有了「偉哥」，就能將「洞房花燭夜」改到今夜，總不能讓杏翠香才嫁人，就守活寡啊！

將溫馨的燭光夜安排在家中，兩夫妻用完餐後，可以還特意播放了洋男女野戰戲給未經人事的太太看，想燃起她的熱火。片播完後，杏翠香粉臉通紅地去洗浴，可師傅趕緊吞下了一粒藍色的偉哥藥丸。

十分鐘後，他感覺身體某處膨脹，心跳加急，狂熱難當，張口呼叫，但浴室中水聲嘩嘩，太太根本聽不到他的叫喚。

等她浴罷出來，見到可以口吐白沫倒臥地板上，翠香驚嚇到面無人色、手足無措。不久，戶外傳來了救傷車淒厲的鳴聲，劃破寂靜的黑夜……

六爺[1]

六揚威孔武有力，自幼習拳擊，身材適中，有張方正的臉，能言善辯，尤有女性緣。他相信掌相命運，早年讓道士批八字，說他命帶桃花，因而、對於異性，幾乎來者不拒。

發跡後，鄉里都尊稱他一聲「六爺」，不明因由者，莫不以為他是排行第六，而鮮有人知六爺其實是姓六。他也從不向人解釋，反正是祖先傳下來，何必多費唇舌呢。

六爺的八卦伏虎拳向所無敵，傳說是少林武僧偶然路過潮陽，在玩耍的孩童群中發現揚威，就暗中傳授。名師高徒，相得益彰，因緣際遇而學成了絕世拳法。

至於是真是假，鄉梓街坊因礙於六爺的盛名，都不敢招惹。所謂財大氣粗，何況，是被傳為武林高手！但外鄉人可不客氣，學過丁點功夫者，莫不想將六爺打倒而揚名武林。

每年遠近前來「討教」的江湖好漢為數不少，但能真正與六爺過招的絕無僅有。前來挑戰六爺，得先勝過大院兩位護衛：一位叫左觀，一位叫右望；四十上下的練家，十八般兵器樣樣皆精。因六爺當年在泉州清源山救過他兄弟生命，為了報恩跟隨到了潮陽，在六爺府上當起護院職責。

有了這兩位武藝高超的武林人物隨侍六爺左右，一般挑釁者也就無法與六爺過招了。因而，六

1 唯心宗二〇〇四年出版《中華道統血脈延年》：姓「六」排第八三〇號。

爺的拳術，在好事者口中，竟越傳越神了。

六爺的風流事蹟，也和他的拳術一樣，為人津津樂道。不過，此類事蹟，在好事者口中免不了充滿了羨慕；在道學者眼中，他卻變成了「淫亂」的象徵。

靜極思動，出國大潮風起雲湧，神州南北到外鍍金的江湖中人時有所聞。六爺心血來潮，找到移民公司，為其辦理了「投資移民」，也同時為左觀和右望兄弟辦理了「留學」。半年後三人先後抵達墨爾本。

六爺姘頭之一丁純年輕美麗，是潮州武林女傑，柳葉刀法所向無敵；六爺驚為天人，使奸用蒙汗藥令其失身，還許以日後迎娶。後來六爺不守承諾，將她與其餘女子等同，列身非妻非妾的性伴侶而已。

丁純一心想報復，苦於她的刀法無用武之地——六爺對她防範極嚴，與之燕好，早已去其隨身利器。唯有忍耐，等待時機，總設想先除去左觀與右望兄弟倆；可這昆仲形影不離，丁純自知孤身難敵兩人。

六爺移民，她心一動，也隨之設法到了澳洲。六爺閒極無聊、知洋人崇向中華武術，於是開設「揚威武館」，聘左觀與右望當師傅，自己成了老闆。

六爺飽暖思淫欲，開始和洋妞鬼混，居然樂此不疲；尤其洋妞們個個熱情似火，奔放大膽，比之丁純這等女強人更勝百倍。

聞丁純也來了墨爾本，他根本沒放在心上；丁純可沒忘了遠渡重洋的目的，讀洋書，拿簽證，閒時勤練刀術。後來認識射擊好手洋同學大衛，週末跟去射擊場地，對大衛的槍法佩服之至。丁純遂求教於他，並申請成為射擊協會成員。

六爺門徒多如過江之鯽，收入可觀；捐點錢後，搖身一變成為僑領，不久名片就印上了十來個各式各樣的會長、名譽顧問之類的名銜。

華社都盛傳六爺擁有無敵拳術，雖從無人見識過，單憑「揚威武館」就令人起敬了，何況成了「大僑領」，更沒人敢再向他挑戰了。

週六深夜酣醉中回家，才步出車門，忽聆咫尺外穿黑衣裙女子厲聲呼喝：「別動！淫蟲，還認得我嗎？」

看到那枝烏亮的曲尺槍正指著自己，六爺的醉意全嚇醒了：「妳是誰？別亂來……！」

「丁純都忘了？哈！沒想到有報應吧？……」槍聲劃破深夜的寧靜。

六爺被槍殺，翌日轟動了整個澳洲。凶手殺人動機成謎，現場只找到一個彈殼，財物無損，江湖傳說紛紜。

令左觀與右望黯然的是空有一身武功，竟保護不了恩人！縱然在場，中華武術再精湛，也敵不過一顆子彈啊……

二〇二〇元月二十日仲夏，修訂於墨爾本無相齋古岦自幼體弱多病，他是古家獨子，身材瘦骨嶙峋，風颸要倒的樣子。可他父母視如至寶，遍尋名醫及祕方為他調理，有幸生在積善之家，終能長大成人。

十七歲那年，這位富家子弟竟然留字出走，說是已遇名師，要隨師入山學武，藝成之日始歸。這無疑是一則震撼地方的轟動消息，街坊鄰里奔走相告，亦有熱心者代為查訪。

茫茫人海，要尋找決意離家的古岦，真是談何容易？古家因為公子不辭而去，從老爺到下人，五官莫不展現愁雲。誰也沒想到，古岦機緣巧合，居然被泉州清源山一位老道收為弟子，每日在老君巖前學習吐納之法。除練功外，道觀中一應雜役，皆由他和幾位小道士分工。

約莫十年時間，古岦已變成了英氣迫人的年輕俠士，再無往昔弱不禁風的紈褲子弟模樣。難能可貴的是，他從不以武示人。偶爾下山，必然暗中返家，以慰雙親。古老爺喜樂不已，常展歡顏，古家大小一改過去悲容。

前陣子，閩江河畔出現的採花大盜，讓家有女兒、媳婦的百姓們日日膽戰心驚；沒多久，這個橫行的色魔竟已惡貫滿盈，屍橫江邊，據說是被一劍穿喉而亡。官府收屍，才知淫棍是海南島魔君門下的「病鼠」。令江湖人士震動的是，這隻病鼠心腸狠辣、武功高強，專躲在陰溝處咬人，尤為好色，犯案累累。

接二連三，那些犯案的鼠輩，先後在閩江一帶伏法，死因全是一劍穿喉，看來是被同一招式所殺。江湖沸沸揚揚，無非好奇，都想知道這位俠士是何許人也。

同時，傳說中的古代寶劍「問天」經已重現江湖，各路人馬莫不覬覦這把千古傳奇的古劍。話說此劍見血封喉，可殺人於無形，能者得之，自可稱霸天下，云云。

魔君下地獄後，病鼠又被誅，鼠輩群鼠無首，到處亂蹦亂竄。可那幾隻遠從海南島來閩南作惡的過街鼠，先後橫屍江邊，人人額手稱慶。古喦行俠仗義，劍誅妖邪惡棍義舉，終為江湖知。俠士英名遠揚，加上傳言繪影繪聲，已讓他成為當世豪傑。

樹大招風，名聞遐爾後，古喦俠蹤一現，必有不自量力之徒要與之比試。古喦往往退之，避之，躲之，讓之。可惜來者不善，總要死纏爛打，妄想擊敗古大俠，可揚名江湖。

好事者更將古喦神化，說什麼他所配之劍若非「干將」必是「莫邪」，再不然定是「問天」了。尤其「問天」才現身天下，人們寧可相信古喦所持之利劍必是問天無疑。於是，前來泉州市找古喦的黑白人物，絡繹不絕。

古府整日門前車馬停駐，煩不勝煩。古喦偶爾回家，見到幾十封戰書，知道無法永遠迴避。於是，貼上告示，定下端午節在開元寺前的廣場，和各路俠客過招切磋，能勝過他者，將奉上手中寶劍「問天」。

消息已傳開了，端午節日，開元寺廣場早已擠滿人群。前來挑戰者多達二十餘眾，各路英雄、英雌的武林人物皆有。武夷山虛無道長及勞山派掌門蘭子師姑被邀為公證人。

各挑戰者依戰書次序上臺，點到為止，以三招定輸贏。上臺者所持兵器，刀劍、槍、棍、鍬、錘、鋤、鍊、鞭都有，可古喦手持的卻是帶鞘的那把佩劍，挑戰者來來去去都只見到古喦前兩招式罷了。

首招「君子禮讓」，左手持劍鞘，右手抱拳，在對方發招進攻時卻從容行禮。第二式「敬請包涵」，還是握著劍鞘來個轉身大迴旋，腳步以絕頂輕功避過對方密集狠打。

無能者多在他第二招的劍氣強掃下落敗，有的甚至連手中兵器也跌落，狼狽鼠竄，逃之夭夭。第三招「拔劍鎖喉」，在場者連同與之過招的對手，都是眼睛一花；他快如閃電地已拔劍在手，劍尖早已抵住對方喉嚨，若再前推必插喉而過，血濺當場。大家想起病鼠及過去那些橫屍江畔的惡人伏法死況，均不寒而慄。

令眾人更驚訝的是，那把揚名天下的古劍「問天」，居然發出陣陣檀香，竟然是黝黑的檀木劍。大家來不及細觀，古喦早已還劍入鞘，微笑抱拳後退。

比試當日，二十餘位挑戰者均敗下陣來。古喦從此離家，行俠江湖，再不與人爭長短。江湖上提起他那快速致命拔劍狠招，皆豎起大拇指，越傳越神……

二〇二〇年三月八日婦女節，修訂於墨爾本無相齋

密碼

中情局派了一位懂得華語的特工馬田趕去澳洲，根據情報透露，那個被追蹤了兩年多的間諜，從福建過香港再飛美東，繞了一大圈後竟出現在墨爾本。

體力過人，身高五尺八寸的馬田，早年留學臺灣，因而能說一口流利的國語。馬田加入中情局後，被安排在針對北京總領館的電話竊聽組。幾年後正式任命為對華特工，專門與大陸間諜周旋，已立下了不少汗馬之功。

馬田到達墨爾本，還來不及和組織聯繫，總部已下達命令，要他前往聖嬌達區（St. Kilda）剛剛發現命案之現場，查驗死者身分，以證明那位中國間諜是否已被殺身亡。

澳洲警察已將事故現場封鎖，馬田出示了身分證明，被邀進入那棟公寓。地板上橫躺著的死者，果然是東方面孔，年齡在四十上下，或許更年輕，反正很難從外貌判斷東方人的歲數。

死因並非槍擊，沒有外傷和血跡，那張臉似笑非笑，略有嘲諷意味，安詳平靜。

雙掌緊握，幾經困難才被掰開，右掌是一張已被捏皺的紙條，寫著「34-D」的簡單密碼。對於情報人員來說，無論對方拿著什麼東西，都被視為極重要的線索。縱然是一張白紙，也要設法找出有無隱藏暗號。

死者駕駛證上姓名是王繁，澳洲公民，和被追縱的那位間諜同樣是華裔；如今要等驗屍報告出來後，才能確定死因。馬田拍了多幀相片後就回酒店，將所知向上司報告。

他打開手提電腦上網，心急地想立首功，要破解密碼，將隨身所帶的解碼鐵指插入電腦。越簡單的密碼越難破解，想不到中國間諜死前掌中所握的，只是兩個數字和一個英文字母，究竟有何玄機，讓馬田花盡心機也無法從解碼器中破譯。

34-D可能是門牌，是車牌，是旋轉門鎖號碼，是某位特務編號，是某種電器、木器、塑膠品、開啟手機、電腦，甚或是軍機、坦克，或中國最新發明的武器或潛艇簡單編號？

馬田忙了整晚，喝了幾杯咖啡提神，還是沒有頭緒。翌日查問中情局總部，回覆是正在動員全部人員破解。

令馬田喪氣的是，還沒和對手開展拳腳，王繁已被狙擊。看來還有其他國家涉嫌，這個死者很可能是大陸極為重要的諜報員。這一切要等破解密碼後以及死因報告，才可確認。

任務來不及完成，還沒和對手決鬥，王繁竟已斃命。馬田被調回中情局，情緒落寞地向上司報到。令他大感驚訝的是，總部剛接到澳洲回覆，王繁並非他殺，而是心臟突發而亡。而34-D密碼，美、澳兩國暫時均無法破解。

澳洲警局同時用電郵傳來在死者公寓搜索到的「鐵指」部分內容，全是中文打的短訊。收件人是「藍子」，好像是日本女人的名字。馬田不必等中情局的翻譯，他急不及待地讀著電郵：

「藍子：好想念妳，專程去找妳，可妳忍心不肯相見；是要對我當年負心的懲罰嗎？」

「親愛的藍子：我很後悔，當年本可以擁吻妳，妳一心一意對我，而我卻三心兩意，失去妳，才知道是今生最大的損失。」

「藍子：如果找到妳，妳答應讓我抱妳，摟妳，吻妳，是嗎？謝謝告知34-D，我很愚蠢，實在不知道這編號有多大？給我看看好嗎？想念妳。」

「我最近心律不正常，回家鄉已辦好離婚；只等妳回心轉意，就申請妳移民來，好嗎？唯有到那時，才能觀賞和擁吻妳的34-D，我就死而無憾了……」

馬田還沒全部讀完，就大聲喊叫：「喂！他的短訊多次提起了密碼啦！」中情局的同事即刻圍繞著馬田，要他即時翻譯，馬田苦笑說：

「看來我們找錯人了，那個中國間諜另有其人。」

「馬田，為何又有密碼呢？」上司寒著臉問。

一位女同事大笑地代馬田回答：「什麼密碼？笑死人啦，那是他女朋友的胸罩尺寸啊！」

「……」馬田呆若木雞般地對著電腦螢光幕，遙想34-D罩著那個叫藍子的美乳，心神馳騁恍惚，有點為王繁飲恨終身而惆悵……

二〇二〇年九月二十日初春，於墨爾本無相齋

櫻花

庭前那棵櫻樹在仲冬七月酷寒裡突然怒放纍纍花顏，含笑催趕春回人間。那朵朵粉紅閃入眼瞳，像夢拉開腦記憶的序幕，故國山城大叻在雲霧繚繞中浮現……

戰火屠城的南越，避暑勝地猶如上天垂憐的淨土，令大叻市（Dalat）免去血腥。教堂晨鐘吸引著四方羔羊前來贖罪，早課後，神父總會對我們幾位修士談談境內戰況，發揮完他的政論，是最令我興奮的自由活動時刻。

總是慣性沿石路走完潘廷逢街，穿過市集映眼便見春香湖嫵媚躺臥山腳；那如鏡水面有數輪水車輕蕩，掀起陣陣漣漪。青翠草坡間隔有致的櫻花把粉紅鮮豔色素塗滿空間，微風拂掠落英繽紛，花瓣似雨迎面淋下，幽香撲鼻。

綠茵草坡上偶見白衣如雪、長裙飄飄的女學生捧冊凝神，櫻樹旁石椅上那位似曾相識的姑娘含羞展顏；幾番相遇終能打破沉默，那張清麗五官隱埋著哀愁，重重心事彷佛早已寫滿臉面任你朗讀。

啟唇是中部悅耳的腔調，她靈動如珠的眼睛像藏著千言萬語，除去陌生紗巾後急急傾吐。原來她早知我是修士，是主日必來禮拜的教友。同道中人更易交往，仍待字深閨，每日到湖畔看花，其實在等待去年花期許諾回來下聘的意中人。他是年輕空軍中尉，曾到關島美軍總部受訓，從十二月初櫻花綻放到如今寒冬將盡，滿湖花影照人，獨獨等不到他的蹤影。

伊叫雪娥，臉頰紅粉緋緋，一若櫻花之美。彌撒誦經時，在數百張容顏如瞧不見她，心底竟然失落宛若被掏空般，每每神父如刃眼光刺來才驚醒，強按下那顆野馬似的心房。

那日天晴，雪娥竟邀共乘水車繞湖觀花，身旁體香令我忐忑，默唸天主經、玫瑰經仍難收伏。閒談中她輕聲問：「修士緣何出家？」

錯愕羞愧腆顏答：「為逃兵役入空門。」「停戰後還俗嗎？」她望著遠山白雲好像自言自語。沒人知曉何年何月始和平，未來是很渺茫而不實在的日子，我從不敢想也不敢回答。那晚夜課後我向神父告解，希望祈禱誦經能減輕我那顆驛動難安的心。

耶誕節後，湖畔櫻花已凋零，雪娥倩影不再出現，教堂做彌撒也無芳蹤；待至翌歲花開時，日日湖畔我獨行，衣袂飄飄的女學生如昔，卻難覓那張熟悉的姿顏。

停戰後，棄國離鄉，永別了春香湖。某年，驟然發現前園滿樹花容，悠悠歲月三十多載，關山遠隔，雪娥是永遠的謎團。

二〇二〇年七月仲冬，於墨爾本無相齋

劍神中毒得到上官鳳的解藥後，已恢復了往昔名揚江湖的大俠形象；江湖上的大小恩怨、難解難分的仇殺，又經常邀他去主持公道。

劍神之妻溫玉對丈夫依然盡著傳統的婦道，雖然明知他的魂魄被妖女勾引，常離家出走，她還是為他守著空幃，不離不棄地等待又等待。也因這份情，使劍神不忍拋妻，終至無法和上官鳳相守。這位被武林視為妖女的靈山派掌門人，在最後動情的剎那，竟為他解開了蠱毒，讓他得以重新為人。

劍神午夜夢回，每一思及，總不忘那段對上官鳳痴纏的日子。他在沒有蠱惑神識清醒下，往後多年漫長歲月中仍苦苦地思念著她。

八年中，江湖變化極大，靈山派幾乎成了武林霸主，但其背後居然是受命於天山魔君，傳說上官鳳的姑姑，也就是那位前任掌門，是由魔君培訓成人，負有不可告人的使命，在臨終時將掌門職責傳予上官鳳，也要她發誓繼續其未完遺志。

劍神因神化的劍法，被江湖視為群雄之首，成為對抗靈山派的主力；可若在單獨遭遇戰時，被圍攻的劍神，內心因那份無人知悉的「愛屋及烏」之意，而劍下留情，不忍斬草除根，只用其高超刀法把靈山門人迫退而已。

因劍神的阻礙，靈山派再難所向無敵。在門人紛紛舉報後，上官鳳再三思量下，深感情勢所迫，非得她親自出手不可了，於是動身下山。

飛鴿傳書，劍神展讀那封秀麗的筆跡，神思恍惚，一時間往日與上官鳳的恩愛都一一在腦內顯現，竟有點急不及待地要去玫瑰園。

上官鳳披著一襲紅袍，婀娜身影一閃就從玫瑰陣法步出來，劍神早已等在園外。四目交投，多年不見，真個恍若隔世，再重逢，千言萬語竟都無從出口。風姿依然綽約，兩鬢有些微白霜，笑靨如舊，臉帶倦容，劍神心底一時湧起無限的憐愛，忘情地注視著她。

涼風吹拂，久久，他才回魂似地開口：「這些年來妳都好嗎？」

「託福了，身體還好，不過是忙到昏頭轉腦的，總有做不完的事。唉！你何苦要和我作對呢？」她幽幽地歎氣。

劍神彷彿受到雷轟般，心一下子都軟了：「一定是誤會，我怎麼會和妳作對呢？」

「我忠於魔君，你卻和那班所謂名門正派找碴，還說不是和我作對？魔君早已不是以前的魔君了，對江湖做盡了好事，你難道不知道嗎？」上官鳳輕聲地說，好像都是發自肺腑之言。

「謝謝妳當年的大義，人在江湖身不由己。對靈山派，我從來網開一面，妳是知道的啊！」

「若非如此，我也不會約你相見了。接招吧！」她話才完，劍氣已發。劍神沒想到她會突擊，天窗穴一麻，趕快提勁運氣。幸好她並無動殺機，因而氣到頸部麻感盡消，大驚中他往後急退，劍風旋繞，把全身穴道包裹在劍招中。上官鳳突襲不成，反身就走。劍神立追，女前男後，如影隨形，衝破了玫瑰五行八卦陣。一直在花香飄逸裡尾隨的劍神，終因忘了防備花陣的情蠱，再度被惑，乖乖地陪著上官鳳回到她的閨閣。

靜寂中兩個立場互異的男女對視，突然情難自禁地相摟，相抱，相擁。她多次堅決抗拒，他忘情地在她耳際中呢喃：「今天是我生日，妳要送禮物給我嘛！」

上官鳳心軟，終被他吻上了芳唇。久久，他說：「我來，是要妳享受我的萬縷柔情，請讓我侍奉妳……」

「不可都委屈你，怎能只是你給我，你也要和我一起快樂……」

他為她寬衣解帶，欲仙欲死地纏綿後，兩人摟抱著依依難捨。她迷茫地問：「以後怎麼辦？我有犯罪感呢！」

「讓我做妳的裙下臣。」他吸吮了她口中唾液暫時解了蠱毒，迷糊地提出了連他也不相信的許諾。

「你不是最反對做女人跟班嗎？」

「今生無望和妳結為夫妻，改當妳的裙下臣，愛妳，疼妳，惜妳，可慰相思，又不傷害溫玉，我將退隱江湖了。」

「太好了。」她將進出陣地的口訣唸出來，再問：「記熟了嗎？」

他點頭，擁吻上官鳳，才依依離去。

江湖群龍無首，劍神無緣無故地失蹤了；只有靈山派掌門人上官鳳笑得好開心，她施蠱毒的功夫更上層樓，輕易就擁有了一個忠心的裙下之臣……

二〇二一年七月二十八日仲冬，墨爾本第五次封城解除之日

借書證

四十一年前初履墨爾本，讀完六週的新移民速成英文課程，就要開始尋覓工作了。當年澳洲政府基於人道理由，接收我們這些並無一技之長，又不懂英語的印支難民。為了節約預算，培訓英語只限六週，共一百八十小時的日常會話，使能應付乘公車與尋工面試之用。

我用破碎的英語覓到一家汽車零件廠（Repco）的機器操作工，負責三部機器，將剎車配件鑽洞。維修機器的技工史蒂是土生澳士，機器故障或更換不同類型鑽嘴時，要由他操弄。

早午兩次的小休每次十分鐘和午餐半小時，都在車間裡；大多數同事抽煙聊天，我愛捧著書冊閱讀。史蒂與我熟悉後，好奇問我所讀的中文書來源，告之是從海外郵購。他問我為何要花錢買書，辦張借書證又方便又省事，且無須花費。他並不知當時圖書館除了英文著作外，並無其他語文書籍。

外表斯文、頭髮淺黃鬈曲、煙不離手的史蒂，那口澳洲腔英語常常令我一頭霧水。那天工廠停電，他見我又在看書，來到跟前說：「喂，勞倫斯，為啥不改讀英文書，可省了買書錢啊！」

「我只讀了六星期的移民英語速成班，哪能看懂英文書？」

「那麼難的中文你都懂，慢慢來，英文容易多了。喂，你獨身或已婚？」他邊說邊又掏煙包，煙包早空了。我拿出口袋中香煙遞給他，並回應：

「來澳洲前早已結婚啦，已有了五個兒女了。」

「那麼年輕就被困死了，可惜啊！像我多逍遙自在。」

「人總要結婚，有了太太子女，怎會可惜呢？」我有點不明白這位洋同事的想法，好意說：「你也該找對象成親，漫漫長夜才不會太寂寞呢。」

史蒂望向我，像發現史前怪獸般驚訝地說：「哈，你才沒有我那麼多彩多姿的生活，哪來的寂寞？」

「單身與結婚，門裡門外之別，各有風景。你週末舞會狂歡熱鬧過後，回去孤家寡人，何況總會有性需要。」

「哈，你這個菜尼斯（Chinese）就不懂了，娶太太等於你買書，而且終身只能買一本，多沒味啊。我們澳洲年輕人流行借書，一次借一本，還了再借。圖書館的書可以說都是你的，懂嗎？」

令我迷茫了一陣子，說婚姻竟扯到借書？史蒂工作時絕不敢喝酒，想不通他為何轉話題。我搖搖頭說：「我不懂，結婚和借書有何關係？」

史蒂神祕兮兮地靠近我說：「勞倫斯，單身就像是一張借書證，舞會或聚會看上合眼的美女，都可以借回家用啊，懂了沒有？」

我瞪大眼，一時腦子轉不過來——什麼單身竟是「借書證」？可以隨意把美女借回家？真是聞所未聞的新鮮事兒呢。

「史蒂，那些美女為何肯『借』給你？是不是花錢到紅燈區找的女人？」

「喲！No，No，不是妓女，都是未嫁的好女人，有高中生、大學生、祕書等各種各樣的年輕美女都有。」

「開玩笑，她們哪會隨便陪你回家？」

「你就不懂了，美女其實也在借我們男人啊。算是互相借用罷了。你們『菜尼斯』的男女不可以借嗎？一定要買？幸虧我是澳士。」他擰熄了將抽完的香煙。

「東方人在男女關係上比較保守，不像你們亂七八糟。」

「勞倫斯，你要是不信的話，這個週末不要加班了，我帶你去參加舞會。讓你看看我如何借書，別讓你太太知道就是了。」他挑釁性地望著我笑。

我搖搖頭，臉紅著正想回他，電源恢復了，大家開工，暫停未完的話題。思潮卻起伏不定，繚繞著史蒂那番話，居然心猿意馬。早知會來澳洲定居，當初真不該結婚啊，平白失去了那麼好用的「借書證」！

沒想到那次傾談後不久，史蒂便換了工作，被調到分廠上班；茶點與午餐時，少了和洋同事學習英語會話傾談的機會了。

幾年後，在聖誕節前，工廠為員工舉行歡聯會上，意外遇上久別的史蒂，他熱情地和我招呼，介紹身旁的女士說是他的太太，然後，苦笑地輕聲說：

「勞倫斯，我去年弄丟了『借書證』啦！」

他美麗的太太挽著他，一臉茫然地追問：「你們談什麼借書證？」

二〇二〇年三月初秋，於墨爾本

剋夫命

金枝生來是千金命，家境富裕，又是獨生女，掌上明珠般被呵護；她有對水靈靈的大眼睛，像魚缸裡的金魚凸出眼球，老遠就能望見在瞳孔出現的眾生。端正五官並非天姿國色的美人，令人難忘的是掛在她臉上的那對金魚眼，彷彿有千言萬語，默默在凝視中傾吐無限心事。

十七八歲時，任何成長的少女都如盛開的鮮花，金枝發育豐滿的體態，宛如香甜的蜜桃，招蜂引蝶。拜倒裙下的公子哥兒們整天把她團團圍繞；初中畢業後沒多久，便傳說她結婚了。失望的男士們很快轉移目標，越戰期間，陽衰陰盛，城市中待字閨中的姑娘們多得很，單身男士們真不愁找不到老婆呢！

新郎和她是同鄉，比她大了十來歲，可以免去服軍役，她本來嘟起嘴大吵大鬧，但後來還是屈服在雙親日夜疲勞轟炸的苦苦勸說。事實也給她見證那些女同學嫁給適齡者，婚後丈夫被徵召入伍服役，出征後就守生寡，然後沒多久就成了真正的寡婦。

大十多年的新郎體重較胖，那晚洞房已有些醉意，金枝被他粗魯的肥肉壓到幾乎窒息；粉拳亂搥死命要推開他，痛的感覺還沒開始，忽然他原先沉重的呼吸聲竟已靜止，睜著細眼動也不動地伏壓在赤裸的新娘玉體上。

福薄的男人在洞房花燭夜還沒行周公禮就心臟突發一命嗚呼。金枝新婚就變成寡婦的消息不脛而走，她沒有哭到死去活來，反而有種解脫的喜悅，只是不敢明顯表露。

尾七後她就搬回娘家，公婆把兒子的死歸罪於她，明明驗屍報告已證實是心臟引發，卻硬說成什麼馬上風。金枝私下對婆婆說自己仍然是處女，婆婆蠻不講理地絕不相信。幸而兩年後，她再嫁時，丈夫喜歡無限得如獲至寶，翌日拿著沾紅的白床單呈給他的母親。

原先反對兒子娶寡婦的公婆才對新婦另眼相待，一年後，在戰火隆隆的炮聲裡金枝誕下雙胞胎，是雙有著她一般大眼的姐妹花。戊申年（一九六八）越共發動總進攻，南越軍民死傷枕藉，金枝的丈夫在總理府做守衛，是花了上百萬越幣賄賂才能留在後方；但越戰根本沒有前線後方之別，總理府被進攻，衛隊戰死過半。

金枝這次哭得很傷心，大家都說她是剋夫命，帶著兩個小女兒又回去娘家；她不甘心也不信命，漫長一生就此度過，要如何去打發那些漫長的寂寞歲月呢？

她對抗命運的方法是找了個離婚的男人，入贅到家裡。雙親高高興興，視半子如新兒，女婿姓林，和金枝同宗。前妻不育，他待那雙天真的女兒有如己出。

金枝一家人快快樂樂地生活，後來增添了兩個兒子，林家有後，對她生了剋夫命的傳說再沒有人提起……

二〇二〇六月初冬，於墨爾本

壽星婆

丹鳳幼承庭訓，知書識禮，婀娜姿容，整日被蜂蝶追逐；可惜生不逢時，國共內戰民不聊生，隨父母南移至越北海防。

富貴家族因離亂而中落，丹鳳在雙親安排下，草草許配同鄉古寧，婚後相夫教子，過著平靜的生活。新鄉鄰里對這位美麗賢慧的醫師夫人，皆稱謂古太太，久而久之，除了娘家親戚，再無人知其閨名。

古太太閒來仍愛讀書，丈夫是郎中，典藏多為醫籍，偶翻《黃帝內經》，讀到「盡終其天年，度百歲乃去」，心裡不勝羨慕；問夫君可是事實？寡言的郎中笑而不語，頷首以對。

一九五四年南北越分割，古寧大夫攜家眷南移，輾轉到了南越堤岸自由新村，成為難民。家業再度凋敝，從零開始；古太太為助家計，在村內小學謀職，每天帶著兩個子女一起上學。

古太太生活又恢復了往昔般無波無浪。時光飛逝似箭，轉眼間兒女已長大，本以為可在新村終老了，世事難料，美軍撤出戰場，越共揮軍南下，併吞了整個南越，印支三邦相繼於一九七五年四月淪陷。

越共統一國土後即時排華，華人爭相奔向怒海，古寧一家亦成為百萬難民群中成員；大難不死，終被瑞士人道收容而定居蘇黎世。

古寧醫人無數，沒想到卻不能自醫，到瑞士三年，胃癌而歿。未亡人古太太深受打擊，驟然獨處，常對著靈堂亡夫遺照，誦唸佛經，寡居日子再無風浪。

兒子古音繼承父志，是到了瑞士後才進修，十年窗下終成為內科醫師。事母至孝的這位中年醫師，假日必回家省親，也順道為慈母量血壓，帶些養生維他命丸及防病藥物回去。

那天閒談，古音問母親：「媽媽，妳唸經求些什麼？」

「求菩薩保佑我們一家人都平安，也求長命百歲啊。」

古音性情像其先父，同樣寡言，笑而不語。回到醫院，竟日翻找資料，那天和藥劑師談起，不意這位專家說藥庫早存著某類特效藥，可改變基因延長壽命及壓抑腫瘤。

在他請求後，這位風騷洋女暗中找出用「telomerase」及「P53」、「P16」[1]這三類基因配成的藥劑給古音。

古音大喜過望，擁吻洋女千恩萬謝。細讀說明書，帶去給母親，當成維他命丸服用。

丹鳳用藥後，並無任何感覺，依然每日唸經，晴天就在花園蒔花剪草，天冷也經常感冒，除此外身體並無大恙。

寒冬過後春天到，炎夏匆匆秋又至，美好的生活如夢，尤其對於丹鳳，寡居度日，盼望的是年節、假期，兒孫們回來共聚一堂，歡樂的笑聲才會揚起。

---

1 《澳洲新聞網》五月十日國際簡訊稱，科學家研發了這三種基因「telomerase」及「P53」、「P16」，人類壽命可延長到一百二十五歲。

也不知過了多少個年頭，歲月無聲無息，滿頭白髮的兒子早已退休，前來深望的次數越來越少，還要孫女推著輪椅。她想不通這些身為醫師的人，為什麼不如她的硬朗？

然後，望穿秋水，再難見到古音出現了。孫女嫁到美國後，也難得回來。媳婦已經很久很久都不來了，問兒子都支吾以對。

那年壽辰，來了不少陌生人，丹鳳老眼昏花，也不認得誰是誰。曾孫推著她在一個大蛋糕前，聽一大堆人唱〈生日歌〉，紅燭插到滿滿，蛋糕面寫著「一〇一」歲的數字，古太太耳背，聽不清歌唱或人聲了。

熱鬧過後，一切又恢復往日冷清的時光了。再不久，曾孫將她送到養老院，這位人瑞是該院最高齡者，每年生辰，成了該院最熱鬧的慶生會。參加或來祝賀的人越來越多，古太太視線模糊，連一個親人也見不到，心中忽然悲從中來，無緣無故地飲泣。歡愉的〈生日歌〉響起：

「Happy birthday to You!祝妳生辰快樂！……」

老太太一臉茫然，什麼表情也沒有了，連那張一生討人喜歡的笑臉，也僵硬如一個面具。

養老院中彷彿傳來「歲月」四面八方的冷笑聲……

二〇二一年六月八日，於墨爾本無相齋

大老闆

大老闆長袖善舞，黑白兩道人脈都強，挺著個微凸的肚腩，左手帶著公事包，右手不離電話，讓人感到真是個大忙人。

他早年在東南亞亦是富甲一方，移民來澳洲後，本想提早退休，但閒不下來的性格，總要找點事做做，好打發日子。於是東山再起，開了家貿易公司。由於大陸開放，商機無限，他便成為澳、中兩地穿梭的「愛國紅頂商家」。

適中的身材，走路急迫，人未到恍如有陣旋風颳至，老遠就會聽到他高分貝的聲浪，識與否都會對他刮目相視。小小的公司，行外之人也難明是從事何種貿易，都稱大老闆，拿到名片，才知是姓大，單名龍。因為在商場混，久而久之，舊雨新知都以「大老闆」稱謂，喜而略其名。

想在大陸增加身價，聞說可託唐人街之鼠弄個「太平紳士」封銜。未久，果然有錢能使鬼推磨，拿到了令不知內情者羨慕不已的紳士名頭招搖，何樂而不為呢。大老闆從此在名片上原有十餘個社團職守外，將「太平紳士」印在最上角。而且紅白二事的賀詞、輓聯，都不忘要加上「太平紳士」四字，唯恐讀者不知。

大老闆經常神龍見首不見尾，真是名副其實，大龍果然名不虛傳也。但人縱然沒出現，只要打開澳洲的中文報，總可以在大堆社團活動的消息中，讀到大老闆的捐款，聽說都是事先在越洋電話中答應認捐的數目：兩百元或三百元，不算太多的錢，但少數怕長計，累積下一年也要兩三萬澳元，已經是一位小職員的年薪啦。

對大老闆的熱心公益，我心儀已久，早想為他寫一篇專文，向讀者廣為介紹。又因他是報社的長期廣告支持客戶，社長也樂於發表這種揚善的吹捧文字。

那晚大老闆約我到東海大酒樓傾談，好完成我心願。恰巧有個廣東經貿團前來訪問，居然是大老闆邀請來的團體，我有幸敬陪末座。席間談笑風生，XO美酒、群翅、龍蝦、青邊鮑、三刀魚等佳餚，心想這一餐少說也要千元，大老闆之有此社會地位，若無本錢真難成事也。

我總無法在眾人猜酒令中做訪問，看來此行除了享用到美味佳餚外，唯有另約時日為他專訪了。

「各位，不醉不歸！這位是澳洲的大僑領歐陽武董事長，也是我的好朋友，真巧，歐陽董事長才從香港回來，我們真有緣啊，一起乾杯。」大老闆有幾分酒意拍著來人肩膀，親熱地說。

「大家好，多喝點啊！」歐陽武微笑地向席間的廣東鄉親招呼。然後，大老闆將他拉到櫃檯前，也不知談什麼。由於職業性的敏感，我好奇地望過去，竟然見到歐陽先生掏腰包，拿出金卡給櫃檯。

酒席尾聲時，眾廣東嘉賓都舉杯，一起敬大老闆，同聲說：「謝謝大老闆的招待。」

幾週後，在唐人街意外碰到歐陽武董事長，他熱情地硬要請我飲，這位德高望眾的大僑領，我也向來敬重，盛情難卻，就一道去酒樓午茶。聊天中，不意歐陽武對我說：

「我那晚真倒楣，居然碰到瘟神大龍。他要求我江湖救急，說忘了銀包，要我先代他結帳，借了七百二十元，說幾天後還我，就不了了之。最氣人的是我當了老襯，大家都感謝他。這種人，居然也能混到今天！」

「歐陽先生，可能大老闆沒空呢，或一時忘了？」我瞠目結舌，真不敢相信。

「後生仔，你當記者，不知道社會上有厚黑學這種混混嗎？以後、見到都要避之則吉也。」

「……」

後來，又聽到不少關於大老闆施展厚黑學高招江湖傳聞，對他專訪的念頭，終於打消了。

二〇〇七年五月十七日，於墨爾本無相齋

電腦還沒發明前，信件和文章是用手寫，發現錯字或要更改內容時，會用塗改液或擦膠拭去重寫，再不然就是將寫錯的信箋或原稿紙丟棄，重新開始。

現代人的文房四寶已改為電腦，打錯字或想改變句子時，就簡單多了，只要將錯字或那想改的句子或整頁整篇，先用滑鼠滑黑了，再按下刪除鍵（Delete），立即完成任務，快速妥當，絕不拖泥帶水。

可是，萬一刪除後的篇章，原來還有用，刪去前沒在文件存檔或存進磁碟、電筆（Stick），那就永遠失落了。

以上文字是讓還不會用電腦的部分讀者，展讀這篇小說前，有點概念。不然，對引用當代最新發明作為小說內容重要道具，將難以理解。

話說中年的史亮，在躋身上流社會前，因不學無術而混在藍領工人堆中，學得滿口粗言穢語，三句話中必帶個F字真言（英語最常用問候他娘的粗口）。為了融入主流社會，和洋友交往，若不用F發音，據說很難打入那些圈子，這是史亮對人解釋的話。

老史現身華社，在鼠年某個小貓三五隻的同鄉會、未過半數出席的理事會議中，一番豪言壯語讓他「撈到」了會長職。一般友輩鮮少以「會長」稱之，而多用「老史」以示親切。

當了一陣子所謂領導，被兩岸閒得發慌的外交官們看成「收買」或「統戰」對象，忽而身價暴增。年初受邀到北京出席什麼祈禱兩岸統一大會，年中又飛臺北參加全球華僑大會。回來後口氣越來越大，竟說他已統領了澳洲三分之一的華人了！

那天，老史心血來潮，認為做一個社團的「鴨掌」，實不過癮，因為華社多如過江鯽魚。有誇張者調侃：「在唐人街高呼一聲『會長』，包管有十個八個人回頭張望。」又說唐人街的招牌被大風吹落，往往會壓傷走在行人路上的「雞掌、鴨掌」，可見這些「長」已太多了。

因而，老史想方設法，弄來個大洋洲的「祕製鵝掌」，用彩色印在新名片上，果然立見奇效，江湖傳說某國總領事特在領館設盛宴招待呢？

這位演講時聲如洪鐘的領導，不看講稿，口沫橫飛一發難收。幸而，在臺上他那些三字經強忍著，沒有隨口而吐，實在是華社領導們耳根之福呢。

沒想到樹大招風，該區一份由重量級人物辦的報紙，一連數月向老史發難，說他的「祕製鵝掌」是非法搶奪，弄得華社滿城風雨。好事之徒每逢報紙出版，莫不爭先索閱。令大眾失望的是，這位大僑領竟然唾面自乾，忍人之所難忍，連半個屁也不敢放，就此不了了之，很阿Q地宣布自己「貨真價實」已取得勝利云云，並聲言世界已有四分之一的老鄉由他領導了。看來下屆「世界某某總會雞掌」是非他莫屬啦！

可老史從此經常失眠，苦不堪言，可能憂心領導地位不保，也可能作賊心虛，因而到處求神拜佛和尋醫，希望治好失眠，也盼能醫好他多年難改的「F」字發音，為將來晉身「世界級」僑領做好準備。

皇天不負有心人，老史在雪梨覓到了「再世華佗」，給他開了最新的良藥，名為「忘憂藥」

（Propranolol）[1]，是由荷蘭阿姆斯特丹大學科研人員發現，用治高血壓和心臟病的「B受體阻滯藥」提煉製成。

老史服用了三天，果真神奇，他所有的擔心、憂慮、沮喪都一掃而清，夜夜好夢香甜，睡到日影斜照才醒。和朋友相見，再無半句「F」污言，恍若脫胎換骨似的。

也不知是新藥功能過強，或是老史心急用了過多份量，不但治好了失眠，改正了他的英語粗口，連同他過往的記憶竟也統統被抹掉了（恍如電腦按錯了刪除鍵：Delete）。

他竟忘了自己是大洋洲某同鄉會的「必輸長」，也忘了自己姓史，遠遠聽到有人喊他「老史」，他竟漲紅了臉，握緊粗糙的拳頭怒吼：「我唔係老鼠！你先至係老鼠[2]。」讓對方目瞪口呆，不知發生了什麼怪事？

大洋洲某同鄉會「必輸長」好像人間蒸發般，再沒有召開會議，也不再出現社交場合。江湖傳說他裝瘋賣傻，無非想自封個世界性領導，好從兩岸獲得更多好處。是耶？非耶？姑妄言之，姑妄聽之。

此篇虛構小說讀完對號入座而失眠心跳，請找醫師開以上處方，保證忘憂、忘情、忘苦、忘喜忘我……

二〇二一年元月仲夏，於墨爾本無相齋

1 此藥發明消息：見澳洲《前鋒日報》十二月十八日國際新聞M29版。

2 廣東話「史」與「鼠」諧音。

殺夫記

千勝[1]吊兒郎當的樣子，讓望夫成才的妻子寸花經常以淚洗面，在社區友輩群中，總感到抬不起頭。傷心無奈，一再苦苦規勸，可這個沉淪皇冠賭場的一丈之夫，將家庭看作避風港：每欠下賭債，無法清還時，就想到向太太需索。終必太吵太鬧，或借酒瘋摔碗敲桌，怒吼辱罵，有時更揮拳如雨，使滿臉淚痕的寸花咬牙切齒東閃西避，一次次仍難逃皮肉之苦。

社工為寸花不平，替她辦理了分居，也向法庭申請了禁制令，不准這個賭鬼近身。可雖有禁制令，也阻不了千勝酒醒時那張蒼白臉龐的乞憐相，可憐兮兮地向寸花講盡甜言蜜語，發誓戒賭時那認真的樣子，自搥胸膛指天哭泣時，祖宗十八代都搬出來。心地善良又念著夫妻恩情的寸花，禁不起丈夫的悔過誠意，往往無法堅持之餘，就再讓他又摟又抱地親吻連連。

千勝和寸花兩口子如此不斷上演著分離和合的鬧劇，親友早已不願過問，總認為是夫妻耍花槍的把戲。直至那次寸花歸寧、回南澳探父母，本講好逗留六天，也不知是放不下那一無是處的老公或者心血來潮，竟提前兩日返家。

沒通知老公接車，就自個兒改乘地鐵，到家本想給他一個驚喜，想不到入門映眼的是：這個殺

1 《中華道統血脈延年》第十九頁，「寸」姓編號第一八四，「千」姓編號第二〇一。

千刀的摟著個赤裸裸洋妖精在她的床上翻滾。真是此可忍孰不可忍也，抓著皮包死命地向千勝身上亂打亂揮，讓那對狼狽的男女奪門而逃。

從此，寸花再不和千勝講話，對他的怨恨日積月累已到了沸點。心中想過丟下他自個兒回娘家，可又嚥不下這口氣。以淚洗面的日子讓她精神恍惚，恨意越來越熾，意識裡竟連夢中都計畫著如何將千勝置之死地，以消心頭大恨。

十年的婚姻帶給她的是無盡的痛苦。為免八歲的女兒經常受驚嚇，在她五歲時就帶回南澳給娘家照顧，這也是每年要歸寧幾次的原因。想到每次她不在，千勝就帶著妖精回家鬼混，比之狂賭更令她怒火中燒。

這段日子，她變得愛喃喃自語，有人沒人口中總念念有詞，細聽下能分辨出含糊的話語竟是「殺殺殺……」。千勝回家，一臉笑意，拿著大堆百元鈔票扔給寸花，故技重演，想著這個女人只要花言巧語給點甜頭後，再在床上讓她欲仙欲死一番，什麼風波都會過去。

沒想到這一招再難如願，寸花鐵了心不讓他近身，而且揮舞著菜刀又砍又刺，狀如瘋狂。直讓他吼叫驚呼咒罵，再次摔椅扔物，兩口子扭打撕咬又叫嚷，直至聲嘶力竭後始聞喘氣微音……

史賓威市警察局在接到一個華裔婦女報警說、家中發生了命案後，問清地址就飛車到了千勝那棟公寓。門半開著，四個男女警員魚貫推門而入，映眼是一片凌亂，滿地是打鬥過後的痕跡。

女人一頭亂髮，手持利刃，還在揮砍，口中喃喃地講著同一句話：「I kill him, I kill him!」（我殺了他，我殺了他！）……

女警終於將她緊緊地按著，並拿去她手中的菜刀，將凶器左右細觀細看，並無血跡。男警們全公寓搜索，連冰箱也打開，並無屍體也無屍塊。命案現場竟也找不到任何死者留下的遺物。

倒是報案的凶手寸花身上有烏青塊。警察審問多時，她回應的就是：「I kill him.」無奈之餘，唯有將她帶回警署。找不到死者屍身的凶案現場暫被封鎖，不讓傳媒記者入內拍攝。

兩個月後，墨爾本郊區一所精神病院的週末親屬探病日，有個男子帶著小女孩到來深望那個所謂殺人凶手寸花，寸花熱情地抱女兒又吻又親。對眼前那個帶女兒來探病的千勝視若無睹，原來在她心中的賭鬼、色鬼男人，早已被她真正殺死了……

新加坡出版《新華文學》七十四期（二〇一一年一月）微型小說專輯發表

殺妻記

影雪美目還溢滿掩不住的春意，半夜裡回到家，悄悄踏進睡房，燈光驟亮，白建瞪視著她，眼神如刀冷冷地刺進她豐滿柔滑的雙乳。她含笑略帶歉意地走近床沿，邊脫衣裳邊說：「還沒睡？舞會沒結束我就先離開了。」

「不必要解釋，那是妳的自由。」白建狂吼地表達了積壓內心的怒氣，早忘了腦溢血後醫師再三忠告，要他千萬別動怒。五十來歲的生命，忽然像缺水盆栽般綠素褪色，苦惱難忍的是原本體貼溫順的嬌妻，在他無力燕好後，不到一年就改變了生活方式，瞞著他不安於室。

愛是容忍，是包容，是體諒，可是要雙方都一致才行。看著她玲瓏豐滿的肌膚，在別的男人身上摩擦後又在他眼前展露，一次又一次疊增的妒意使他從愛變成了恨，由恨化成仇。

夫妻生活早已名存實亡，狼虎之年的影雪掛著白太太的身分，享受著白家優裕的物質，夜總會繚繞裙邊的男士如蝶飛撲，殘廢的丈夫眼不見就也相安無事，下堂求去於心不忍，何況會平白損失半數財產。

結婚十餘年，白建知道無後的關鍵是自己，對比他年輕近二十年的妻子恩愛恆常。那場意外後，女人水性漸顯，差點沒公開把面首帶回家而已。白建怒氣難消，暗中把名下的不動產轉贈了給慈善機構，對愛妻已萌殺機。

枕頭底下的手槍只裝了兩顆子彈，好幾次想在她更衣時動手，觸手冷涼的槍柄又令他躊躇，想到血濺臥室就又放棄，裸屍公諸報上也不雅觀，有損白府聲譽呢！

鶴頂紅那類毒藥又無法找到，安眠藥已存到足夠致死的份量，可是她怎會順從吞服？用絲襪纏頸，自己力有未逮。

那天深夜，他把廚房的火爐扭開了煤氣，只要她回來點火抽煙就大功告成。可惜時間不巧，他剛走出廚房，影婷就回抵家門，大驚小怪地衝進去打開門窗、扭閉煤氣爐，怕他發生意外，翌日竟請工匠上門更換成電爐了。

白建找了許多偵探小說來讀，知道了用汽車廢氣也可無聲殺人，但太費周章。刀叉刺殺、割斷喉管都太殘忍。在泳池裡把她拉下池底，力氣已沒有她大。竟沒有完善安詳的一種方法令他滿意又萬無一失，半年後意外有了機會。

客廳的暖爐火頭熄滅，一絲煤氣溢出令他大喜。拿了一本書亮燈等她，已經過了午夜，只要她回來而抽著煙，看到大廳燈亮必然進來虛情假意地搭訕一番。他想到結果時臉上泛起一絲詭譎的笑意，有勝利的喜悅湧現。

影雪的汽車發生故障，回到家已是凌晨三時，門口竟停著幾部警察車和救傷車，看到白建的屍體被抬出來，丈夫的臉頰竟盈溢著笑意……

二〇二一年六月四日初冬，修訂於墨爾本封城之期

玉玲瓏

琥珀夜總會有幾位常駐的女歌手，年輕亮麗外，幾乎都是音專出身，歌聲甜美醉人。某次應酬我無意中來到這紙醉金迷的地方。當晚的歌手步下臺時，竟對我回眸一笑，令我有點手足無措，心中卻盈溢著喜樂。

她選唱的歌範圍極廣，中外流行的熱門歌曲，可以不停地轉換，妙音繞樑。我也不知是被她的笑意所誘或是被她的嗓音所動，週末忍不住地心思思，就又前往琥珀消遣，獨個兒在離唱臺不遠處淺飲。

每次她唱完，在掌聲中總不忘對我回眸展顏，彷彿是對前來捧場的老朋友致意般地自然，令我在微醺中飄飄然。

那晚客人不多，她婀娜地笑著朝我走來，大方地問：

「你總是一個人喝悶酒，請我一杯好嗎？」

「行！請問怎麼稱呼？」

「玉玲瓏。」

「好美的名字，真像妳。」我一點也不陌生似地和她碰杯，話也多了。

只用了一杯酒的錢，本來絕無可能的兩個在孤單生活中的男女，居然擦出火花，我在往後的日子成了她的護花使者。

以前每週末才去捧場，自從那次四目交投對飲後，猶若喝了迷情酒般，晚飯後就又到了琥珀，只為聽聽她那口醉人的嗓音，也還要看看她在舞臺上的姿影。偶爾她會陪我共飲，無話不談，男女投緣理應如此。

我才而立之年，父母對我的婚姻大事極為操心，每次回去探望，總耳提面命要我別太挑剔，早點找個伴侶。尤其母親，更是熱心地張羅著為我尋對象，三不五時要我去相親，令我煩不勝煩。合眼緣的異性，除了玉玲瓏，再也找不到能讓我動心的了。想早些讓雙親放心，那夜幾杯下肚後，細觀面前那張豔如桃花的五官，忍不住對她說：

「下週請妳到我家，和我父母見面，好嗎？」

「哈！你有病嗎？你連我的背景都一無所知，居然要見家長了？」

「我父母老擔心我找不到對象，認識妳已經快半年啦！帶妳去和老人家見個面，也不過分吧？」

玉玲瓏只是笑，也不回應我，彷彿我是一頭怪物，讓她感到好好笑。我在她莫名的笑聲中，渾身不自在。送她回家，下車前她快速地在我臉頰上印下個熱吻。那夜，令我輾轉難眠，滿眼都是她溫柔熱情的影子，連夢中也在與她纏綿。

交往久了，她總是若即若離，除了和我對飲幾杯外，從不像風月場所那些煙花酒女諸多要求。這也是讓我對她一往情深的主因，像一朵出污泥而不染的白蓮。有幾次，我在酒意中要摟她抱她，都被她微嗔而巧妙地閃開，除了那次主動的賜吻外，再無其他激情了。

父母竟也收到風聲，知我有了對象，多次來電提出邀請玉玲瓏回家用餐。可惜，每次都被她紅著臉婉拒了。也許，她認為還不到時候吧？我只好耐心地等待，向雙親拖了一次又一次。

她從來不許我進入她家居，送到樓下而已，總說還有其她共住的女友，不方便讓男士到訪。這種事，唯有等待，急也急不來。

同事們知道和我交往的女友是「琥珀」的歌女，都給我忠告，說那種地方的女人拜金，勸我千萬別陷入太深，以免後悔。

全是成見，玉玲瓏可不是他們口中那類女人，從來不花我的錢，有時，反而是她掏腰包付帳，令我過意不去。

日前，為了紀念和她認識一週年，我在皇冠賭場內的高級餐廳訂了座，與她一道慶祝。酒意中我再次提出見家長，她總是笑著搖頭，說與我有緣無份，因為她的職業是無法被傳統家庭接受，曾有過一次切膚之痛，再不敢輕試了。

午夜送她回去，蹣跚醉步中，居然讓我擁她上樓，首次許我踏進她的香閨。雙雙纏綿，情難自禁也就靈肉交流，蓬門終為我開。

幾天後，再去琥珀，沒想到她已辭職了。趕去她的公寓，按鈴拍門，竟已人去樓空！這一驚真令我魂飛天外。徬徨無計中，再去「琥珀」，領班代轉她的信，趕緊展箋：

「親愛的陳波：

勿以我為念，認識週年之夜，君已如願。我們分手，相見無期，方可免日後諸多煩惱和痛苦。請君保重！

玉玲瓏」

在我生活中玉玲瓏竟無緣無故地失蹤了！

週末，「琥珀」打烊時，我總是醉醺醺地被趕走。

二〇〇八年八月二十六日，於墨爾本無相齋

網中情

林石喪妻後，謝絕了一切應酬，對象依數十年的老伴哀思之情，令兒女們都很感動。他寧願獨居，也不肯搬去和兒子共住，為了難捨與妻子生活了多年的房屋，彷彿守著它，太太的魂魄就仍在這住宅與他朝夕相處似的。

孝順的兒女怕老父苦悶，特購置了一臺電腦，並抽空教會了上網的基本操作。林石的英文有點基礎，早已學會了打字，有了電腦後獨居日子真是如魚得水。除了閱讀網上新聞和八卦消息外，也開始用「易妙」聯繫上部分老朋友，可是只有極少數人懂得用電腦新工具，多數同輩者認為還是打電話省事。

無意中發現可以結交網友，天南地北，不必理會對方身在何處，只要接上也就是「投緣」了，便能無所不談，比朋友更好，少了顧忌。

林石在眾多徵友欄內選了幾位，每日就在電腦上互通款曲，從政治、人生、宗教、社會及參政等話題，熱烈討論。後來與那些意見相違的網友吵了幾次，道不同便彼此疏遠。

意興闌珊時，竟有一位新網友自稱阿蘭主動應徵，她因為良人病逝，寡居寂寞，想找一位志同道合的異性網友打發空閒時間。

林石很感動的是，在茫茫網海中，他竟被挑上，每天早晚互訴衷曲，有時一天多封電郵。不久，幾乎對方的生活起居、性格習慣都已瞭若指掌，阿蘭頗為保守，多次要求下才肯傳來玉照。

穿著傳統旗袍留起長髮，五官姣美，風韻猶存，年輕時必是位大美人。紅顏天忌，如今竟已雁行折翼孤獨一身。林石細細地瞧著相片，一份愛憐之心油然而生。

對方也索取回贈，已忘了多久沒有拍過相片，他也細心選了兩張看來依然神采奕奕的舊照寄去。

往後的電郵，漸漸涉及了關懷，彼此互吐心聲，從兒女經到前塵往事，暢談愉悅，雙方終於有了強烈會面的意願。

幸好對方是在雪梨西區，林石以前曾多次去那兒探訪友人，算是識途老馬了。買了機票，興沖沖地從昆士蘭飛去雪梨，到達後再轉火車往卡巴拉馬打（Cabramatta），阿蘭早已在車站外迎接。

彼此真有相逢恨晚之感，雖然阿蘭比不上照片那麼迷人，卻還高貴硬朗，沒有想像中的豐滿，畢竟歲月無情，彼此彼此，她若不見棄，已是萬幸啦！

阿蘭有些腼顏，回家途中話不多，林石很想知道：她對他的印象是好是壞？但她卻笑而不答。她的住處是兩房和客廳的公寓，離鬧市不遠，環境清幽。

黃昏之戀，精神慰藉最為重要，林石真的有回家的感覺，對阿蘭左看右望，越瞧越順眼，當初對亡妻的那份濃情，早已轉移到阿蘭身上了。

「阿蘭，早點認識妳就好了。」林石忘情地牽著她的手，溫柔地說。

「那你太太呢？你不是在電郵裡說她千般好嗎？」阿蘭縮回手，平靜地回應。

那晚就寢時，阿蘭無意發現林石整個假髮放在床沿，開口時那排門牙空空如也。脫下眼鏡，左眼如線，右目尚存，有點滑稽樣，比相片老醜得多呢。

她感到一陣噁心，匆匆逃出客房，回到自己的寢室，臉上微紅，鎖好房門，把那頭濃密的黑髮取下，鏡中剩下一頭稀疏的銀絲。換睡袍時隨手將假乳脫去，回復平坦收縮的胸脯。她落寞地對鏡，猶若鏡中人不是自己。在歲月魔手搓揉下，青春年華早已遁隱，唉！何必多此一舉，真是相見爭如不見啊！

她改變了主意，陪林石兩天，送他回去後，在網上答覆他：她不會遷移昆士蘭與他共度餘生；還是恢復網中情誼，成為彼此在網上無所不談的網友。

林石回家後，悵然有失，百思難解：明明是一段好情緣，為何竟成了虛幻的網中情？

二〇二二年元月十八日，於墨爾本

寂寞寒窗

那天遇到雪兒，是在寒風迎面輕拂的雅拉河畔，讓我極之驚訝的是，意外瞧見她衣襟上扣著一朵小小白花。如果擦身而過像浮雲般，彼此過往的印象必然沉積如陳酒，只要不打開瓶蓋，酒香是無法溢洩。

可我當年受傷的心，驟然被撩撥而引起的疼痛，竟然絲絲入扣，有股衝動要將那疼痛決心抽離。驟然面向她的剎那，望著明豔無儔的清白容顏，人居然變得笨拙，除了硬拉開口唇，展現那抹淺笑外，眼睛專注地凝視著她衣襟上那朵小白花，竟不敢唐突啟齒。

相對無言，風在傾訴，她蒼白的姿容彷彿對我抗議，不該在此時此刻的淒冷中加深不安。躊躇後我還是鼓起勇氣問：「請妳節哀順變吧！有什麼我能幫得上的事嗎？」

「……」妳輕輕地搖首，好像聲音會驚嚇到河畔那幾隻小鳥，而我感受到的卻是妳依然如昔的冷漠。

「多久了？還不到五十歲吧？」

「四十九，總算解脫了。」雪兒輕輕歎息著說。

我當年朝思暮想的雪兒，陰差陽錯地在戰亂逃亡中失散，這麼多年來，從美東到歐洲，最後找到了墨爾本。仍然獨身的我，堅守著的是當年海枯石爛的誓詞。再重逢，雪兒早已嫁作商人婦了。

人生無常，世事多變化，尤其是生為亂世人，河山色變時，本已論婚嫁的男女，竟成了分飛燕。垂肩烏絲在冷風中飄逸，看著她那單薄身影，趕快將外衣脫下為她披上。沒想到她掙扎側轉，讓那件外衣差點滑落草坡。

我猶豫片刻，將手中的名片遞出。她淺笑接過，輕盈地踏著夕照跨過草坡走進黃昏餘暉裡……開始了等待——電話鈴每次響起，都想著：必是雪兒了？！每回總讓失望如蛇般啃著我的心。尋尋覓覓了那麼多春秋，找到了已是人妻人母。這次再相遇，寡居的女人，卻心如止水，那天輕輕地說了一句「寡婦門前是非多」，堅決謝絕我去找她。

給她打電話，鈴聲偶然響起，接聽的是她女兒，都說媽媽不在家。後來那小女孩已認出了我的聲音，口齒伶俐地會和我傾談幾句，才知道她已上小學，並無兄弟姐妹。

在友輩電郵中搜索，終於找到了雪兒的郵址，每日上網，趕緊發電郵。可天天在眾多回郵中，總沒有一封是雪兒的回函。

鼓起勇氣，不管她的拒絕，週末帶了水果和巧古力糖，貿然地駕車去到史賓威市效區，那棟乳白色外牆的平房按門鈴。

鈴聲叮噹，迴響在空氣中，久久……久久門戶仍緊閉。將帶去的禮品放在石級上，黯然失望而返。

打手機，必定是見到我的號碼而不接。想到發短訊，這一招終於敲開了那顆冷冰似的石心。

「雪兒，接受我吧！我的心始終如一，妳知道我至今未婚。為了當年的承諾啊！……」

「我已非我，是寡婦且有女兒，何能與君合？」

「是什麼時代了，妳不要自苦了。」

好幾天，再無下文。受不了我苦苦糾纏，那天手機響，是雪兒發來的訊息：

「兄是才子，傳上絕對，上聯如你能正確對上時，那是天意，我們就再交往：

寂寞寒窗空守寡。」

我孤獨的身影經常在雅拉河畔徘徊，口中念念有詞，苦苦思索著下聯，總無法如願。暗中也到處請教一些知名宿儒，可是「絕對」真要命啊，難就難在七個字中，全都有屋蓋。

歲月蹉跎，轉瞬過了三年，雪兒早已帶了女兒歸寧美國，再無音訊，讓我茶飯無心。

那天，心如平鏡，靈光一閃，居然將下聯寫了出來：「俊俏佳人倀伶仃」。

哈！哈！我對上了，我對上了……

我離開了墨爾本，浪跡天涯海角，再開始了尋覓雪兒……

二〇二二年三月十四日初秋，修訂於墨爾本無相齋

白清女俠

刀痴自從白清失蹤後，決心天涯追尋。那天離開竹林，又拿出她留下的紙條，讀了再讀，好一句：

「你的情，你的意，你的愛，你的痴，我都知道。」

既然都知道，為何要離開？這是他無法接受的事實。在竹林外大吼連連，震得竹葉飄搖，沙沙作響。

回家收拾行囊。妻子古柔向來對他逆來順受，婚後，就知夫君並非池中物，也絕非她能獨擁。雖難免會燃妒火，但只要他「浪子回頭」，也就把帳都算進「狐狸精」身上。這次暗中通知各大門派去圍剿逍遙派分舵，心中有愧，不敢多問，以為他無非到外散散心，十天半月也自會乖乖回來。

刀痴最放不下的就是這位名門閨秀、柔情似水的妻子，可又無法控制對白清的思念和不告而別的挫折感。他一定要找到她，問個明白，不然，是不會死心。

江湖上沒見過這位鼎鼎大名的俠士時，都好奇猜測他的兵器該是像大刀王五所持的大刀或是胡一刀那柄薄刀，可當刀痴站在面前時，根本見不到他的刀。敵人之防不勝防，也由於太過在意他的刀。

為了白清事件，惹怒了逍遙派的姥姥，指令全派若遇到刀痴，務要擒他回山，或以逍遙神功毀他武功。

刀痴遇襲時，若發現襲擊者是白清的同門，念在對白清那片痴心，愛屋及烏，絕少傷害她們。人少時，甚至以指代刀，或從關沖或以商陽之氣，把對方點穴，再查詢白清芳蹤。但逍遙派弟子莫不茫然，她們也真的不知白師姐去處。

刀痴常年奔波，累了就回家小住數日，又再出門，也不對古柔說明。古柔心中有氣，夫妻離多聚少，又因白清，早已同床異夢。古柔不在乎，她要的是讓子女有個「完整」的家，有個父親，她有個「一丈之夫」。

歲月無情，十年匆匆飛逝，刀痴為江湖立下了更多讓人傳誦的豐功偉績。逍遙派弟子因他那出神入化的刀法，根本無奈他何，也早已放棄找他尋仇了。江湖上傳聞，他的刀從不出鞘，因為他的人是刀，刀是人，早已人刀合一了。

白清根本沒有遠走，她背叛了師門，沒使出逍遙迷魂功誘惑大俠刀痴，反而對他動了真情，在那數月恩愛如神仙的日子中，享受到了前所未有的溫馨及柔情蜜意。為著愛，她不忍見到一代大俠被江湖唾棄，因她而身敗名裂。當古柔帶同人馬大舉尋仇時，她決心放棄愛郎刀痴，留字而去。

最危險的地方最安全，她去而復返，安居山凹附近，以為時間終會治癒創傷。沒想到刀痴真是痴情種，仍然到處追尋她。

幾年前，她意外被關外毒龍卜奇發現，這個六十開外、身體高大粗獷的邪魔將她收伏，視為禁臠，每年必專程前來住上十來二十天。白清為了讓刀痴死心，被卜奇強占後，想和他終老，可是卜奇並無許諾，把她當成眾多可供淫欲的女人之一。反正，活著已無所求，但求刀痴平安，俠名遠揚，於願已足。

刀痴浪跡江湖，悠悠十載，鬼使神差，那天清早不意舊地重遊，心中充滿了與白清當年的回憶。行行重行行，唏噓中從竹林轉到山凹，人也好累，發現小屋，想找水喝，到門前輕敲。真是：「踏破鐵鞋無覓處，得來全不費功夫。」迎門的女人一臉訝異，刀痴神思恍惚，整個人像被點穴般地呆了，剎那醒悟，立即推門而入，在晨光中細細瞧著眼前人。

白清一身粉紅睡袍，未施脂粉，剛起床未久，睡意尚存中，忽見刀痴滿含痴情的眼睛盯著她，不由分說地就將她摟緊，便要強吻。她左右掙扎，把臉扣在他肩膀上，讓他緊緊擁抱。

千言萬語，無從訴說。他在她掙扎出懷抱後，心中傾湧無限深情，從背後再次將她環抱，重演往昔恩愛情況，右手從鬆開的紅袍中伸入，她睡覺習慣不穿褻衣，手中盈握著的是再無彈性卻柔軟如棉的右胸，往昔堅挺乳房已被歲月摧殘而寬鬆。白清臉頰一紅，出力捧開了他，面對面相視。眼前兩鬢已略顯風霜的女人，極難相信就是當年風情萬種的白清。

「都老了，你走吧。」

「不，妳永遠是白清，我再也不會走了。」

白清不由分說，又推又拉地強把他趕出門外。

翌日她已整裝再次棄家……

二〇二二年五月一日深秋，於墨爾本無相齋

日本妻子

笑郎郎[1]在醫療儀器科技行業中成就非凡，不但有份優薪高職，且還常被派往各地分公司參加會議。他雖然姓笑，但那張端正嚴肅的五官卻少有展顏，經常被人感覺心事重重，很不開心的樣子。

他生性內向，除了上班或飛往外地開會，生活規律，不拘言笑地過日子。朋友不多，社交活動幾乎是零。因而已過三十，尚是獨身，家居自處時往往沉迷上網，或和素昧平生的網友天南地北胡扯閒聊，或玩上半天的電子遊戲。

許是緣分未至，或生來就少了異性緣，與女同事傾談公務，也顯得很不自在，宛若全身蟲行蟻咬般，恨不得匆匆遁逃。初始那位好心的經理上司還試探過，以為他是「基佬」（同性戀）之流，被他堅決否認後，就有意代為介紹。可惜，每次講好後，都被笑郎郎藉故耍掉。

也不是沒想過成親，尤其遠在西澳的父母，三不五時都會在電話中提醒，兩老最最盼望的是他能早結良緣。結婚首要有對象，但他整日應付公司業務已累到筋疲力盡，加之天性靦腆，每見到女性都渾身忸怩，極不自在。因而，找個合眼緣的女友，便成了偶爾飄過心靈的幻想。

---

1 《中華道統血脈延年》：「笑」姓編號第五八三〇。

因為業務關係，他早學會了普通日語會話，也被派往東京總部參觀醫療儀器廠的流水生產過程，對日本女子那種溫柔多禮、動不動就九十度鞠躬，留下了深刻印象，心想難怪早聽說娶日本妻子是男人最幸福之事了。

有了這種思想，更加對身邊的異性不假詞色。公司有不少洋女同事，生性浪漫開放，對這位獨身王老五充滿好奇。經常主動邀約，但都被那張漲滿紅潮的臉蛋拒絕，令洋女同事們竊竊私語。

年初公司又派笑郎郎前往東京，這次要逗留半年之久。反正又無家眷，他就照安排時日動身。抵達後才知宿舍在新宿區，幾乎已置身日本大都會的心臟地帶了。

日本同事無意中對這個遠從澳大利亞來的華裔技師提及，如今已有些因為工作太忙影響而遲婚者，為了省事，就花點錢按照自己提供的資訊，辦理徵求新娘。

這個話題無異是給笑郎郎平靜的心湖扔下了塊石頭，揚起了圈圈漣漪。

立即行動，向同事索取了所有細節，就在網上先欣賞了那些嬌美女子的相片。其中那位叫迷音（Miim）的姑娘，身高一米五八，婀娜多姿，臉龐清純嬌柔可親，膚色如雪，除日語外還能講英語，那真是太完美了。

迎娶費用包括將新娘送到墨爾本，總共要八萬美元。高收入的笑郎郎對這點錢，無非兩月的工資。可免浪費時間，就能找到個理想的女伴，實在值得，於是就訂下了「迷音」，只等回澳後辦手續。此行意外終於完成了一件人生大事，他的臉頰終於展現了少有的笑意。

回澳大利亞後，忙於工作，也抽空電郵了幾封信去東京查問，說應徵的新娘子可望年中飛到墨爾本，笑郎郎於是將家居重新布置，以便迎接日本妻子。

迷音姍姍而至，讓笑郎郎興奮到當晚開香檳慶祝。新娘笑咪咪地出入廳堂，又捧水又鞠躬，說話輕柔聲甜，行走無聲，完全擁有地道日本傳統女子美德。

當晚，酒意醺醺然中，笑郎郎一改平時靦腆，竟為新娘輕解羅裙，也不知是粗心大意或太過緊張，裙帶才鬆，迷音躺著忽然全身僵硬，再也不動不言不語了。

笑郎郎頓時酒意全消，緊張呼喚迷音，又推又搓揉，可是日本妻子竟沒半點回應。驚慌中趕緊打電話去東京，詢問原因。才知「妻子」整日勞累過度，消耗能源太多。對方說只要為她充電十二小時，明天就能恢復正常……[2]

二〇二〇年七月十二日，於墨爾本

[2] 日本發明機器美人Miim，編號HRP-4C；已奉派到巴黎參加時裝大展，充當模特兒。讀到《澳洲日報》六月二十四日國際新聞版刊發這則短訊。

王者之劍

鑄劍大師干將注入了一生心血，誓要造出一把驚天動地的王者之劍。每天為生計所鑄的刀劍，雖出自這位大師之手，但無非讓那些無事生非的所謂好漢們用作決鬥，惹到各地仇殺不斷，更有甚者，還會遷怒於敵人所持刀劍，而找上干將。

鐵店內那婆娘總是婀娜多姿地微笑，對來尋仇者表明身分，說奴家是干將之妻莫邪，要文比武鬥悉聽尊便，來者不拒。乘興而來的挑釁者，再怒也被那張美得可以融化人骨髓的笑姿所惑，也不知是神魂被勾了或是技不如人，沒幾招就棄甲敗陣，逃之夭夭。倒省去了干將打發那些無聊人的時間。

擁有干將所鑄兵器的武林人物，都喜難自禁，莫不以為經已獲得了至寶，可後來有人雖持著「至寶」對敵，終究落敗。消息不脛而走，有「至寶」的江湖人士，都想試試真假。江湖風波又揚，到處有人決鬥，或死或傷，鬧到沸沸揚揚。

干將那天酒後，醉意中擁莫邪入懷，輕輕耳語：「我已找到鑄寶劍的材料，為免殺身之禍，走為上著。」

「真的，是什麼東西？」莫邪一翻身躍起，並強拉著干將，急不及待要看看那塊奇特寶物。

干將蹣跚地在床底抽出一塊方正的黑鐵，莫邪拿起，沉甸甸的烏黑如墨的方鐵，左看右望，無論如何難於置信這是塊寶物。

再來鑄劍軒的人，已找不到干將夫婦，只餘下那堆鐵店原有的器具及爐灶。消息即時傳開，干將失蹤，成了年度江湖大消息。正邪黑白兩道都展開搜索，希望趕快找到這位大師，就可擁有王者之劍了。

一處層巒疊嶂內，瀑布旁的茅廬，爐火正熾。女人拉著風車，男人將烏黑之物打打敲敲，又放入冷水中，撈起再燒。也不知過了多少時日，天天做著同樣的動作。最後一次，男人割腕滴下鮮血，火光中黑墨的長劍吸了血，一股淡淡的白煙飄入空氣中，而名聞天下的寶劍已然鑄成了。

莫邪興奮地持著這把王者之劍，左右前後看了再看，總心存疑惑，問干將：「該給寶劍何名號？」干將想也不想就說：「不光。」

「為什麼叫這個難聽的名稱？」莫邪美得如早春的紅玫瑰，卻一臉迷茫。

「烏金鐵本就沒有光亮，寶劍因為見不到劍芒，其鋒其利已到了削鐵如泥的至高境界，當世再無任何刀器可匹敵。尤其是真正的王者，大仁大義，為國為民，持此至寶，真個天下無敵了。」干將聲若游絲斷斷續續地說：「此劍殺氣重，出鞘必見血，血光耀目，烏黑漸去而光芒射。唯有存黑，存仁心，始是真正的王者之劍。」話畢溘然長逝。

莫邪悲號，埋葬好心願已了的丈夫，持了寶劍重返江湖，一心想將寶劍呈獻給真正的王者。誰知消息傳出，她再不得安寧，日夜行蹤一被發現，即有人緊跟不捨，接下來就是惡鬥。好幾次，她幾乎在落敗時，想不顧一切地拔出寶劍。但一念及先夫所言，此劍出鞘必見血，就強忍著敗逃。

莫邪終遇吳王，獻劍時，出鞘後因烏黑無光，竟被夫差狂怒揮劍直刺而死，證實了劍出鞘必見血光。夫差南征北戰，烏金劍吸血越多，竟越亮麗。吳王喜難自禁，卻被勾踐挫敗。

王者之劍在勾踐之手再傳了幾代君王，持劍者若殺氣重，劍自明亮光芒四放，若心存仁德者擁有，其劍越發烏黑，那份無光無明，正應了劍號「不光」的名稱。「王者之劍」的真義竟藏匿在「無光」這重點上，竟連莫邪也不知呢。

隨著歲月的流動，王者之劍已不知所蹤了。流傳到後來，說是被天下第一高手「獨孤求敗」所得，亦因此寶劍，他才能成為天下第一。

以訛傳訛，可無人敢向獨孤先生挑戰，獨孤大俠因無敵手，竟鬱鬱而終。

又經歷了無數年月，獨孤求敗的墓園被盜墓賊所竊。鼠賊得劍狂喜，出鞘輕若無物，長劍黃土色，居然是一把檀香木劍。

那傳說中的烏金王者之劍，已成了歷史上的一大謎團……

二〇二〇年八月深冬，於墨爾本

匹夫匹婦

「老婆，妳出去了大半天，大包小包的又買了什麼東西回來？」

「我只是到商場逛逛，意外見到鞋店大減價，順手為你買兩雙皮鞋，總共才一百八十元，超值呢。」

夫：「不試穿，鞋怎能代買？拜託以後不要再為我買任何用品了。」

妻：「唉！不識好人心，你只知整天對著電腦炒股票，有錢不會花。沒有我給你買，看你穿什麼？而且，遇到大減價先搶買回家，你不合意可以去換啊，等你去換時，這些鞋每雙就再售原價，要一百八十元了。」

夫：「妳來看看我的鞋，算算有多少鞋放在盒內，我也沒動過啊！」

妻：「別拉我，我自己會走，算什麼啊，反正那些鞋又不會食飯，也不阻礙你。才二十幾雙鞋就大驚小怪，以前菲律賓總統馬可斯夫人有五百雙鞋，那才算多。減價是省錢，能省就是賺，你沒聽過嗎？」

夫：「亂花錢也叫做賺錢？妳自己打開衣櫥，來，讓我也參觀參觀。門都拉不動了……」

妻：「別拉壞了我的新衣裙啊，你這個匹夫，不去保家衛國，總要跟老娘過不去。」

夫：「我祖宗姓匹[1]，妳叫我匹夫，妳早成了匹婦。再說咱們澳洲，國運昌隆，根本沒徵兵，公民不必服軍役，軍人是高收入的職業，用得上我這種文弱書生嗎？」

妻：「我們河水不犯井水，你炒你的股票，我逛我的街，各有各的空間，有何不好？我又不像那些師奶整日打麻將，逛街又不會輸錢，你真是身在福中不知福了。」

夫：「不是我要管妳，前天收到上個月銀行卡的帳單，妳在美雅（Myer）、戴維鍾斯（David Jones）這兩家百貨公司，已刷了三千七百多元了，還沒算其他開銷。老婆，妳知道炒股票不是天天有錢賺啊，妳再亂買，以後自己還錢給銀行好了。」

妻：「哪有這麼多！老公，不然你把那些我沒穿過的新衣服和多餘的鞋子，放到網上賣，說不定有利可圖呢。」

夫：「發夢！妳那些新衣服，鞋子在網上賣，就是二手廣場的貨品啦，還想圖利？有人要妳就偷笑了。對了，那大堆信用卡帳單中，有四張是心理醫師的收費，要一千零八十七元，妳什麼時候找心理醫師？為什麼不告訴我？」

妻：「唉！你這個匹夫啊，連什麼是隱私權也不懂嗎？我的隱私幹嘛要讓你知道？」

夫：「看妳走路姿影像朵嫋嫋嬈嬈在春風開著的花容，沒想到花蕊已開始腐朽！夫妻相處在於真誠，講哪門子隱私啊？」

妻：「你這老匹夫，學人唸詩啊？文謅謅的句子，在搞網中情嗎？」

---

1 中華道統血脈延年》書中萬家姓章節，「匹」姓排第五六六次序。

夫：「妳不要轉移話題，什麼網中情？無聊。像我這英姿颯爽的再世潘安，只要我回鄉，美女們從街頭排到街尾任我挑選呢，還用在網上找？」

妻：「發你的春秋大夢吧，老娘不嫌棄你，已經是你祖宗庇佑啦。也不照照鏡，無才也無財，越南妹除了愛你那張澳大利亞護照可以改變她們的身分外，貪你白臉近視嗎？」

夫：「妳怎麼越扯越遠了？我只是關心妳，為什麼找心理醫師。妳有事何不和我講？說給我聽，看可不可幫妳？」

妻：「從開始到現在，你都在阻擋我花錢，還說要幫我？我找心理醫師，就是想為你省錢呢。你除了關心股票漲跌，幾時關心過我？問過我為何整天去逛街？為何東買西買？你除了阻止，問過我、關懷過我嗎？」

夫：「對不起，我以為妳和那班師奶一樣愛逛街、愛買東西啊，難道不是？」

妻：「你自己讀讀心理醫師的報告吧！」

匹夫接過妻子手上的報告，字體太小，將信箋移至眼鏡前細讀：

「匹女士：病態不輕。在家無人傾談，寂寞鬱結難解，逛街購物只是暫時讓精神舒暢。治本要丈夫多陪伴、安慰和交遊……。」

二〇一一年元月七日，於墨爾本

俠之大者

蘭子師妹：

自從天安門事件發生後，妳如浮萍飄逸無蹤，十幾年來我走遍了大江南北，茫茫人海裡一心尋覓妳，我不甘心也不相信妳會在人間蒸發。雖然我們的師兄王維林隻身用其絕世神功獨擋坦克車，驚動世界後就消失了，他卻成為中華史書的一代大俠，名垂千古。前年輾轉得知妳竟在拉斯維加斯賭城賣藝，而且是和那位怪人獨孤星一起。妳忘了我們當年盟約嗎？

希望這封信能寄到妳手上，藏有我十餘年來對妳的思念。祝妳如意！

永遠愛妳的古玉　一二／〇五／二〇〇三

◇

古玉師兄：

意外展讀大札，六四那晚我們被坦克衝散後，各自亡命天涯。傳說你獨擋坦克，後來和許多學生慘被履帶輾斃，害我年年六四都要臨海遙祭你。再後來才知道是另位師兄王維林，他和天安門的受難者英魂年年都受到世界各地中華兒女的追悼。沒想到你也到了澳洲，這些年做何事業？世事多變，請原諒我琵琶別抱，實在誤會你已為國犧牲，成就大俠令名。謝謝你還記掛著我。祝平安！

蘭子　敬上　一二／〇六／二〇〇三

◇

蘭子妹：

我想不通妳為何要和那位並無真才實學的怪人在一起。當時他不是到處找妳決鬥嗎？我也是為了尋找妳的下落，才隨著出國大潮到了雪梨，早先在餐館洗碗盤，現在開了一間武術學院教授洋學生功夫，混飯過日子。我參加了民運，一本初衷，不想令妳對我失望，我沒有忘記妳常掛在口中的有關大俠的定義。我還盼望有朝一日咱倆師兄妹再馳騁於江南，為國為民，行俠仗義，成為當世俠侶。

寄上無限祝福及思念。

妳的古玉　二四／〇八／二〇〇三

◇

古玉師兄：

知道你生活安定，頗為快慰。但你至今未婚，心中頓感抱歉和愧疚難過。我已有一對好兒女，前塵往事如煙似夢，人生有許多變數，都非我們之力所可挽回的。欠你的唯有來生再清還，這些流浪的日子，人雖和他在一起，午夜夢迴也經常想及和你同門學習的快樂時光。只是已為人婦，唯有把這份情誼深埋心底。最興奮的是收到你的音訊，知你健在，比什麼都令我開心，感謝菩薩保佑，希望你多加保重，有生之日，盼可再見。寄上最美好的祝福！

蘭子　敬上　二四／一二／二○○三

◇

蘭子妹：

聽到妳電話中的聲音，我的心彷彿回到峨嵋山頂和妳練劍時的情形，往事歷歷在目，我真想立即去賭城探望妳。但念及妳已是人妻人母，心如寒冰，絕望到了頂。教我怎麼辦呢？妳依然每晚和他一起演出，難道妳就甘心把一生絕技只是為了糊口而去娛悅觀眾嗎？六四又快到了，我決定回到天安門去悼念那些民族英魂。蘭子，我相信只要我們堅持到底，六四終會平反，中華民族的歷史從來不會忘記為民族大業犧牲的英雄人物，他們才是真真正正的「俠之大者」啊！妳也回去好嗎？我們就可以再在故國相逢了，期待妳。

永遠深愛著妳的古玉　○二／○三／二○○四

◇

古玉兄：

你的痴心令我很感動，兒女私情在十五年前那場驚天動地的天安門廣場裡，我們已約定要把它昇華，一起為國為民。早先誤把大師兄王維林當成你，雖然很悲傷，每次追悼卻因你已成就了『大俠令名』，也為你驕傲。如今我已成了個平凡的婦人，恕我不再回到那個傷心地，只盼望你堅持下去，把對我的那份心意放在國家大業上，我們就無愧同門之誼和相知相識多載了。你的信我都在讀後燒掉，以免損及你的俠名，世俗如何容得你對一個有夫之婦如此痴情呢？

依然懷念著你的蘭子　一二／〇四／二〇〇四

二〇〇四年四月十六日仲秋，於墨爾本無相齋

異床　同夢

水野[1]年過半百，還身強力壯，外表俊逸，常被異性稱為「帥哥」而沾沾自喜。遇到金融風暴而被汽車零件廠辭退了工頭之職，由失業部安排去學習電腦，以增加求職條件。

賢慧的水太太因當年產子坐月時保養不當，留下頭風痛的後患，兒女長大後就提早退休。夫妻恩愛，出雙入對，令人羨慕，都說水太太好福氣，嫁到如此體貼的好老公。

學會電腦上網後，水野經常待在家中，每天至少開電腦幾小時。對新科技總是抗拒的水太太，曾經被丈夫邀到螢光幕上觀看些友人傳來的風景，可一對著五光十色精美的圖片，便覺頭痛，以後再也不肯到電腦前了。

水野無意在網上與自稱「藍藍」的網友結上網緣，幾個月的交往，才知這位無話不談極其投緣者，已是半老徐娘而風韻猶存，約三十餘歲的佳人。互贈相片，真合眼緣，彼此好感日增，雙方每日必定時在網上互訴衷情。有時難分難捨，在網上對著相片吻了又吻，又是甜心又是蜜糖地稱呼著，到後來水野居然都忘了自己是「有婦之夫」了。

一再要求，幾個月後藍藍才將手機號碼傳給他，水野大喜過望，急不及待地即時撥了電話。鈴

1 禪機山出版的《中華道統血脈延年》：「水」姓排第九四六號。

聲響了好久，才傳來好似被吵醒般粗魯生氣的聲音：「神經病啊你？三更半夜找我老婆幹嘛？」心急而忘了澳、美兩國有十幾個鐘頭的時差，水野話也不敢多答就掛斷了線。翌晨，電話響，水野心有靈犀猜到必是藍藍，搶先接過話筒，果然是甜心那口柔情似水的聲音。第一次聽到如此令他失魂落魄的話妙音，一時語無倫次，恨不得即時飛去美東見她。

這些時日，水太太再不見丈夫四處尋工了，說是在網上登記了，有活幹時失業部自會通知去見工。單純的水太太完全沒有懷疑「一丈之夫」的話，她相信夫妻貴在真誠，若連枕邊人也不信任，婚姻豈非早亮了紅燈？

由於太太怕電腦，水野更放心地與藍藍在網上妳儂我儂地談情說愛，幾乎到了「一日不見如隔三秋」的熱戀狀態。水野俊秀的五官早讓藍藍神馳澳洲，而藍藍清麗脫俗的美姿容，更令水野神魂顛倒。那晚酒醉中摟抱著太太卻一聲聲地呼喚著：「藍藍，藍藍……」

「喂！醒醒啊，藍藍是誰？……」水太太再怎麼搖動，醉意方濃的老公臉呈笑意酣睡依舊。晨起打開電腦已經收到藍藍的易妙，情意綿綿地告知，午睡時竟然夢中與他相吻。水野大喜，回函說：「哈，藍藍啊，我昨晚也夢到和妳纏綿相摟，還一直叫著妳呢。我們竟然夢中相會了，說真的，結婚多年，我和她都是同床異夢呢！」

午餐時，水太太又問他藍藍是誰。展著笑臉的水野假裝茫然說：「我不知道，可能是我夢中人吧？」

「你昨晚發什麼神經？把我抱到幾乎喘不過氣來，推也推不醒，口中胡言亂語，受了什麼刺激嗎？……」水太太關心地問。

「沒事，喝多了吧？……」。

和藍藍難分難捨地網上糾纏，要抱，要摟，要吻，甜入心肺也可望不可即，水野終於決定去西雅圖了。還先說了，一旦相見必然要吻她、抱她、摟她等等熱情洋溢的情話。

弟弟在美國定居，對太太說赴美探親，安排妥當，終於在十二月中先飛美東。出到機場閘外，人堆中見到藍藍推著輪椅，大喜奔前，唯想不通——她為何帶了位老太太來接機？走近時，那位一如相片上的「藍藍」一臉茫然，幾乎無視他的存在。

此時耳際響起輪椅上阿婆的聲音，那麼熟悉。大吃一驚中聽到她說：「玲玲，快叫Uncle，歡迎你啊！我女兒像我年輕時是嗎？」

「什麼？她是妳女兒？妳才是藍藍！怎麼會這樣？」他驚訝莫名地瞪著輪椅上那張滿布皺紋的臉龐問。美國冬天的寒冷霎時迎面襲至，失落的水野恍如被扔進冰窖裡去……

二〇一〇年元月二十二日，於墨爾本無相齋

乾枯的玫瑰

七彩鮮豔的衣裙旋出如蝴蝶穿花，雞尾酒會上我的眼睛像金魚般緊緊盯著一個焦點。她終於如霧般飄至我跟前，嫣然展皓齒，淺淺笑姿裡放射的電流令我呼吸急速。慌亂中手足無措，正不知如何開腔，她已被身旁的幾位女士包圍。我忐忑之心從極高的激情裡滑落，恢復常態後，金魚眼球卻無法自拔，隨著彩蝶轉，彷彿只要狠狠瞧著，江玲終將被我融化。

六年前認識她後，我不幸地陷進了痛苦的深淵裡，對一位豔光四射的貴婦人產生愛戀，以致身不由己地參加社團，爭取出席各類聯歡宴會，無非想多些親近她，引她注意。

那次雙十酒會，她盈盈笑著在人堆中忙著應酬，我把握到一個機會拿杯香檳遞給她：

「江玲小姐！妳的香檳。」

她接過，鳳眼專注地望著我，微微頷首說：「謝謝林先生，太太呢？」

我臉上一熱，　腆地低聲說：「我還沒結婚！」

「嘻！你這麼大的男人還會臉紅，難怪到現在還單身！不要告訴我，你還沒有女朋友吧？」江玲滿開心地掛著一臉令我神魂不守的笑容，似老友般地對我取笑。

「有，但是她不知道。」

「你太老實了，寫信、打電話或者送鮮花，把你的心意向她表達，怎能會不知道？」

「妳很漂亮，站在妳面前，我的心跳到要出來了。」我開玩笑地說著，卻又把埋藏靈魂深處的感情強烈地放射，痴痴迷迷甚或是流露一些苦楚的眼神緊緊地凝視她。

「林先生你也會唸臺詞，比你唸得更動聽的我也聽多了。你相信嗎？大庭廣眾有人跪下求婚也試過呢！」她瞄著我，五官盈滿快樂幸福。

我雙腿像被搥擊，想跪下的衝動強烈地推引著，她是聖母，是觀音，我忽然不敢仰望。心中掙扎著：「跪下，跪下啊！」幸而我的理智克制了心魔，心底萬縷柔情都化作專注的眼神。

「我相信，自己也有過下跪的欲望。」我把香檳一口喝光，壯膽說。

「以你的社會地位和成就，你敢跪下，沒有一個女人能拒絕。」

我搖搖頭，心底也著實高興，她居然肯定我的成就：「謝謝妳，但沒有可能的，她已經結婚啦！」

「呵！那個女人也真好命，有你這麼痴的人。這是我的新地址，也許我可以給你介紹一位女朋友。」江玲從手袋中拿出張名片，我雙手接過，一絲甜味湧上心頭，能和她傾談，縱然無望也應該讓她知道。

我開始寄出一封普通的問候卡片，然後天天希望奇蹟出現。很久以後，我鼓足勇氣打了電話，她吃驚又神氣的聲音傳來：「林先生，你別開玩笑好嗎？那個女人怎麼會是我呢？」

「是妳啊！千真萬確就是妳啊！」

她沒有生氣，我的信開始投到她的信箱，而我的信箱永遠是空的。我內心燃燒著萬噸的熱情都赤裸裸地傾瀉在信箋上，抒發了那份無奈的思念後，我內心越來越孤寂。社交場合，江玲往往抽些時間來和我招呼，然後謝謝我的信，請我自制，不應給她那些會惹麻煩的事。在我苦苦哀求下，她應允見我一次。

為準備那次相見，我緊張了好幾天。在郊區一家西餐廳，我比預約時間先到，那束十朵紅玫瑰不安地放在桌上。我怕她生氣，也怕她拒絕。她果然依約來了，笑靨嬌豔如桌上玫瑰，她說聲「謝謝」便收下鮮花，告知她生平最愛玫瑰花。我輕聲地說：「將來我會建個玫瑰園給妳。」

「我不能接受。小林，你這是何苦呢？我家庭很幸福，先生疼惜又信任我。你是令我很感動的一個人，我真的不忍傷害你。」江玲沒有笑，嚴肅的輪廓有份令人敬仰的冷豔。

「怎麼肯單獨見我？」

「相信你的人格，來感謝你的那份心意。你應該明白，給人見到我今天與你共餐，傳開去，你沒事，我怎麼做人呢？」

我自私地只求自己愉快，真的沒有為她設想。經她一說，心裡頓生愧意。望著她，我胸臆間竟充塞著內疚。分手時，她沒忘帶走玫瑰。我沒想到她居然約我在情人節再次相見，地點是她的住家。就這樣，一個星期在苦苦期待中降臨。

我按捺著狂跳的心，找到了江玲的近海別墅，迎門是我日思夜想的女人。她引我到客廳，花瓶上一束枯萎的玫瑰唯留著枝幹，旁邊一個精緻的碗盛滿乾枯的花瓣。她說：「小林，我捨不得扔掉，那些是你珍貴的心意。我請你來看，世間是沒有永恆的，怎樣喜歡、怎樣愛、怎樣珍惜也會過去的。我喜歡你是超越人世的愛，和你所要求於我的不同的愛。」她講完展顏甜甜地微笑。

我的心乍然被她的話重重搥擊。此時有位中年漢走進來向我伸手：「歡迎你，江玲常常提起你呢！林先生，我們一起去吃飯。」

「小林，這是我先生，姓黃。」江玲說。

我勉強伸手，臉上露出一個很苦澀的笑意，情人節怎能和他夫婦共餐呢？心裡酸酸澀澀地抽扯著。他沒等我回答，已轉身把枯萎的玫瑰乾枝拿出花瓶。告別江玲，在路上我腦內一片茫茫然。節日和我一點關係也沒有，我的心早已被那堆玫瑰乾瓣埋葬在江　那精美的碗底了……

二〇二一年六月二十二日初冬，於墨爾本無相齋

輯二

短篇小說

真話

打開百葉窗，陰雨後的光線像掛上深色太陽鏡的眼睛，映照出林彩虹的臉龐，對鏡時竟看不清兩道淺眉。她按鈕開了檯燈，一張憔悴蒼白的五官不留情地在鏡中出現。先把凌亂的頭髮梳理好，再用雙手食指在眉角處輕揉——這個習慣是自那幾條惱人的魚尾紋忽然冒出來後就養成了，希望藉著指壓可以使她青春常駐。

踏入四十大關後，她每早花費更多心思在外貌的護理上。每次聽到別人說，她看起來像足了巧英的姐姐，不免使她心花怒放。巧英已經十九歲了，在墨爾本大學讀會計，從來不塗脂抹粉，青春便是本錢。做媽媽的有時難免會偷偷嫉妒女兒，能擁有那張秀麗的容顏，雖不時有恭維的話令她飄飄然，但彩虹也不敢大意。

像今早，這張本來面目，連自己都厭惡，別人如何能接納呢？難怪忠恕每次興高采烈地擁吻她後，倏然便轉過頭去，莫不是就為了這張沒敷脂粉的輪廓令他生厭？唉！今天想這些不是也太遲了嗎？

彩虹把脂粉均勻塗抹好，再用眉筆加深了雙眉，睫毛也加上幾筆，又將棗紅的胭脂塗上嘴唇，色彩鮮豔的容貌在鏡中顯現了。她滿意地拉開衣櫃，把黑白相間的套裝取出，一身曲線還算玲瓏，尤其那對飽滿的乳房，更使她引以為榮。比起忠恕那班朋友的太太們，和誰比較，林彩虹都絕不遜色。「哼！李忠恕，今生今世我都要讓你後悔。」

這句話已經重複了無數次。那天，無緣無故地吵起來，她輕咬上唇，狠狠地在齒縫中再次吐出這句話。結婚二十年，丈夫說變就變了，哭過，吵過，鬧過，越搞越僵。

「妳蠻不講理！我是不會後悔的，臭美！」李忠恕眼中，這位向來溫柔的太太彷彿中了邪，野蠻潑辣，完全變了一個人。半年來，家成了名副其實的地獄。他工作上的壓力已經夠大，每日對著冷冰冰的電腦，數目字一串串，加減乘除，在公司幾乎很少開口。往昔，希望早點下班，回到溫馨的家，和巧英說說笑笑，讓彩虹輕輕擁吻，然後聽她東家長西家短地滔滔不絕，才去洗澡，再共進晚餐，同看電視，一家三口樂融融地生活！人生如此美滿，夫復何求呢？也不知什麼陰差陽錯，這些日子，彩虹再也不能吸引他了，擁抱她時的那份熱會無緣無故冷卻，代之而來的是一份恐懼及厭惡的情緒，任她挑逗，他竟心如止水，身體死蛇一般地軟弱無力。

虎狼之年的彩虹，需索竟功敗垂成，向來自持的她，自尊心受到前所未有的打擊。這些因素和狀況都被她化作怒火，加上忠恕時時遲歸，週末又找藉口獨自外出，脾氣也變得暴躁，對巧英也到了愛理不理的程度，待在家時難得開口，往往神不守舍，香煙抽起來一枝接一枝，才四十幾歲人，從佝僂的背影望去，彷彿是老頭子，於是彩虹吵架時也口不留情：

「瞎了眼的女人才會看上你。」

「妳承認自己瞎眼啦？」他叼著煙，悠閒地吞吐。

「是你現在那個瞎女人。」她提高聲浪發洩。

「我告訴過妳，沒有女人和我在一起。我講真話，妳不信我也沒話可說。」

一個已經變心的男人，還會講真話？騙鬼啊！彩虹絕不上當。吵吵鬧鬧持續下去，裂痕加深。丈夫漸漸早出晚歸，變本加厲地竟一去四五天。彩虹忍無可忍，哭夠了主動找律師，沒想到二十年的婚姻會落到對簿公堂。她一直擔心上法庭那天無力支撐，怕會暈倒，呈文後就被矛盾的心折磨著。心想只要忠恕肯回心轉意，回家求她，一切都還來得及。恍恍惚惚地期待著，卻等來了律師的信函。接信那天，猶如一顆子彈從信中射出，把二十年的恩愛射死了。澳洲家庭法院對申請離婚案件的處理，因該案沒涉及財產與子女的紛爭，雙方皆已簽字同意仳離，免開庭宣判離異生效，法院判決證書不日將寄出。彩虹手腳冰冷地捧著信，足足躺在床上兩天，害得巧英不敢上學，日夜在身邊陪伴著她。

巧英受西方教育，雖然如此，對於父母的婚變也著實難過了好久。這半年來在充滿火藥味的家裡，她成了夾心人，等媽媽把找律師辦離婚的事徵詢她的意見時，她沒有反對。看到媽媽那份傷心欲絕的神色時，她始知道自己錯估了母親，其外表堅強而內心恰恰相反。

「媽咪，妳見過那個女人嗎？」巧英從雙親爭吵中，知道事情出在另一個女人身上，她一直沒敢問，直到如今父母離婚已成事實，才找到機會想弄清楚。

「沒有，我跟蹤他很多次都沒看見過。」

「那麼，您怎能肯定呢？說不定爸爸講真話呵！」

「胡說，事到如今妳還偏向他？變心的男人口裡還會有真話嗎？」彩虹心裡始終很不甘心，對手是何方妖精仍不知道，本屬於她的好丈夫便被搶走了，這個打擊比離婚還令她難受。經女兒一問，她下大決心非將那隻狐狸精找出來不可，她不能就此輸得不明不白。至於找到那妖精以後，她要採取什麼行動，自己倒一點也沒有想過。劇集中一些爭風吃醋的鏡頭浮現腦際——難道要和她大打出手嗎？自己已成為棄婦，離婚證書上不是寫明：此後男婚女嫁各有自由嗎？彩虹摔摔頭，終於將抓在手上的套裝穿好，扣好腰帶，穿上高跟鞋，拿起皮袋，在鏡前左右旋轉，映照著婀娜多姿的貴婦相，怎樣看都不該是福薄之人。

「媽咪！芬姨來了，妳好了嗎？」巧英口中嚷著，伸手推開房門。

林彩虹展開一個微笑，拎著手皮包，巧英不忘對母親加上句：「啊！媽咪，您真漂亮。」

「謝謝，妳也很美麗呢！」彩虹心裡甜甜的。母女確實像是姐妹花，她努力地維持這份形象，所以很少擺起母親的架子。出到廳堂，好友朱小芬已坐在客廳沙發上，也不站起身，銀玲似的聲音迎面掩至。

「彩虹，妳真美喲，我見了都心動呢！那隻狐狸精包管比不上妳。」

「啐，誰要和她比？妳也越來越風騷啦！」

「喂，我帶了照相機，萬一動手還可以當武器用。」朱小芬揚揚手上的相機，人也站起來。她是彩虹的閨中好友，年近三十，仍然雲英未嫁。此次彩虹婚變，多虧了她的慰藉。她生就一對鳳眼，耳垂厚實，嗓門特大，往往人未至已先聞其聲，李忠恕就被她數落到不敢還嘴。

每週父女相會一次，巧英的多方糾纏，忠恕終於把住址告訴了女兒，他也存心試試這個孝順的女兒，會不會真正中立。殊不知母女間的感情，總是比父女來得深厚，巧英立即將地址透露給了媽媽。於是林彩虹硬是約了朱小芬，要按址前往探個究竟。巧英不敢但又怕媽媽吃虧，唯有硬起頭皮去面對，還未出門，心裡已緊張到彷彿上次觀看希區考克影片嚇人畫面一樣，忐忑不安地心跳加速。

出門前彩虹又猶豫了，她輕聲地問小芬：「喂！見到後該怎麼辦？」

「哈！對狐狸精還用客氣？搶人丈夫的賤人把她罵餐飽出氣，她敢還嘴我就動手替妳教訓這害人精。」朱小芬又再揚起相機做足架勢，然後哈哈大笑，一手拖了彩虹，興沖沖地往外走。

小芬駕車，巧英在後座，彩虹坐前邊副座。快來臨的事情忽然又令彩虹六神無主，徬徨之餘，忍不住又問好友：「小芬，還是由巧英先進去，如果她爸爸不在，我們才進屋，你說好不好？」

「由妳決定，我什麼都不怕，哼！看看姓李的敢對我怎麼樣？」小芬加快了車速，駛入高速公路後不到十分鐘，就到了墨爾本城近郊的力士門市（Richmond），照著導航器地圖指示的方向左轉右彎後就到了。

巧英先下車，她精明地先瞄一眼車庫，她爸爸那部淺藍色的「賓士」轎車不在。擔心了整個早上，此時才令她精神一振，三步當兩步地快速進入圍牆，即伸手按門鈴。門還沒打開，她又蹦跳地往回走，向著汽車內的媽媽和芬姨招手。

小芬抓了相機，興奮地幫彩虹打開車門，用挑戰者似的神色行進而去。彩虹落在最後，心裡狂跳，一剎那後憤恨之情已開始燃燒，她加速腳步趕上去。恰恰到門檻時，大門往內開了。出乎三人意料之外的是，竟然是一位彬彬有禮的洋男士，他微笑地望著門前三位女士，輕聲問她們要找誰，聲音很溫柔。巧英用英語回話：「是來找李忠恕。」

「喲！他去上班了，妳們是……？」

「是他的朋友，很熟的好朋友。他不在，我們可不可以進去喝一杯水呢？」小芬搶著說。

洋人退了一步，手向內指引她們到了客廳，微笑地說：「我叫大偉，歡迎妳們光臨，妳們是路易士的朋友，也就是我的朋友。」他伸出右手熱情地和她們互握。彩虹神思恍惚，在握手裡感到一陣溫熱從手心傳來，對方的手掌竟軟綿綿的，她臉上一紅，趕快縮回手。仰臉凝視才發現，眼前洋人耳垂竟掛著一對18K金的耳環，在頭髮後搖晃。

小芬藉口去洗手間，然後自個兒摸進睡房，匆匆掃描一眼，寢室內的洗手間凌亂地放了一堆衣服，她不客氣地隨手翻弄，竟找不到任何女人用品。回到大廳後她用粵語對彩虹說：「喂，我地入錯屋，冇女人住，睡房有張雙人床，衣櫃統統係麻甩佬既野。」（註）

大偉推推鼻樑上的眼鏡，好奇地瞧著三位不速之客。掛著笑容的臉，微露一口潔白的牙齒，眼色淺藍，溫柔的眼睛望著來客，彷彿是一張網，要將一切進入視線的人與物全網住。

「對不起，請問路易士是一個人住這裡？或者是和他的太太？」小芬打破沉默。路易士是李忠恕的英文名字，彩虹聽了心裡一酸，差點又要掉下淚了。

「他半年前離婚啦！妳們不知道嗎？只有我和他同居，他再也不要結婚，我也討厭婚姻的約束，同居不是很好嗎？我們很快樂呢。」大偉的聲音依然輕柔似水，聽進彩虹耳中卻如轟雷。她咬著口唇，狠狠地咬著，想用這點疼痛去證明這不是夢境。

眼前這位陰陽怪氣的洋人，他，他，他一定是瘋了！不可能，不可能啊！她想大叫大喊，可是，在喉嚨的聲音卻半句也發不出來，手腳抖顫。此時，大偉在電視機旁將一張相片遞過來，是他和路易士的合照，彩色相片上李忠恕的右手摟著大偉，大偉的左手也緊緊地擁著忠恕的腰。彩虹天旋地轉，很想找個地方大吐一場。她感到全身乏力，也不知道後來是如何逃離那鬼地方！在車廂內她任由眼淚流滿一臉，小芬踏著油門，生氣地說：「麻甩佬講真話，真係冇女人，豈有此理。」

「我情願他講假話，天啊！狐狸精竟然是一個男人！」彩虹「哇」的一聲哭出來。巧英從背後將紙巾遞上給母親，她接過後，斷斷續續地呢喃著：「我情願他講假話……」

二〇二一年九月八日初春，於墨爾本封城戒嚴期

蜚言

認識上野林子完全是很偶然的。那天去參觀畫展，被幾幅鮮紅色彩的抽象畫所震撼，我在畫前徘徊，從不同的角度試著解讀。深深引起我好奇的還是畫布上的簽名，沒聽說有日本的畫家到澳洲來啊！我向畫廊的主人詢問，才知道她是曾經留學東京的香港移民。後來，我寫了一篇觀畫記，以我視覺神經步入那幾幅強烈感情波動的顏彩裡，探索畫家心靈隱密。我沒有發表，而是把它寄去畫廊，轉給上野林子小姐。

然後，什麼事情也沒有發生。倒是有不少風流韻事的蜚言，把上野林子說成蕩婦，尤其，她和那位年輕的藝術家在華埠出雙入對，更成了人們談話的焦點。我除了讚賞她的繪畫外，絕不置喙於這些極端無聊的是非。一位藝術家高貴的靈魂完全表現在作品裡，是世俗凡夫們不易瞭解的，我早已被那些令我迷惑的抽象畫面左右了我的思想，居然不時為一位素昧平生的才女辯論，好事之徒竟造謠我在單戀畫家了。

無巧不成書，久已不再想起的朋友打來電話，約我茶聚，說是上野林子作東，為了當面向我致謝。強烈好奇心驅使我一口應允，我依約準時抵達華埠酒樓。

我找到老黃那桌時，不必介紹也已知道眼前這位豔名四播的美人就是上野林子。她竟以非常隆重的口吻向我致謝，那張經過刻意化妝的容顏果然豔光逼人，特別是那對鳳眼，和她四目交投，我的三魂七魄彷彿已被攝去，以致整個午茶時刻我控制著不敢再望向她。

她的聲音出乎意外地溫柔，音波如水，入耳舒舒服服：「李先生，我衷心感激您對我的愛護，您的畫論太抬舉我了。上野林子是我在日本用的姓名，您叫我阿虹好了。」

阿虹，很中國的名字，怎敢唐突佳人呢？我的心忐忑不安地亂跳，已達不惑之年，竟如初戀者陷入情關時般不能自已。我為內心的波濤而深感慚愧，那餐午茶在我神思迷茫中愉快地結束。

阿虹的倩影如女神般高貴地根植我心底，平生從沒豔遇，那一次茶聚卻使我神魂顛倒了一段時光。我已子女成群，居然還是不堪一擊地去單戀阿虹，那班好事之徒對我造謠難道都是旁觀者清嗎？幸而，漣漪在心湖蕩開後不久也就漸漸平息。

我預期的風浪並沒有突襲成災。從老黃口中知道阿虹早已名花有主，而且有兩個十歲大小的兒女。看來歲月是特別寵愛她，怎麼看也難以相信她已是三十多歲的人了。

在社交場合相遇，她必熱情主動地與我打招呼，也介紹她身邊的男士，包括她的丈夫、她的畫友和一些圍繞裙外的彩蝶浪蜂。我也介紹身旁的太太和兒女。

社交圈依然流傳著她的浪漫故事，我卻把我的浪漫情懷深深埋葬。每次相遇後，當天夜晚我必定輾轉難眠，觀音到我夢鄉，滿腦全是阿虹婀娜的千嬌百媚。為了少卻自尋煩惱，許多大型的社交場合我從此裹足，既然我不能控制自己的情愫滋長，那麼唯有逃避相見。

幾年下來，我以為已經將阿虹遺忘，殊不知那完全是自欺的掩飾，是禁不起任何考驗的。工作的轉變，將我的辦公室改在家中書房，太太去教書、兒女去學校後，每天自己一人孤獨地面對冷冰冰的電腦、傳真機和電話，生活枯燥無味。平淡日子裡靜極思動，又再涉足社交，才知有關阿虹的風流韻事竟沒有停息過。諸如哪位藝術家離婚啦，哪個有為的青年人因她而瘋癲了啦，她依舊在男人堆中周旋啦，等等。我越聽越有氣，恨不得把這些流言一口全吞下，以還阿虹清白。

應邀陪太太前往參加，慶祝華埠孫中山先生銅像落成典禮的雞尾酒會，我持著酒杯在會場應酬舊友新知們，太太已不知在哪堆閨友群中傾談。在一個角落，我終於發現了阿虹，她笑盈盈地拋下身旁的人，趨前和我招呼，熱情洋溢，那份高興和快樂毫無做作。像久別故人在他鄉重逢般地喜悅，在那雙靈秀的眼睛裡，我讀到了一份珍貴的友誼。第一次我坦然地和她四目交投，她柔柔的纖手被我握住，竟忘卻放鬆，內心被壓抑的波濤剎那間澎湃湧動，強烈地想擁抱她，然後吻她。我說話語無倫次，她則一直掛著微笑，甜甜的聲音飄過來：

「我以為你失蹤了，又不敢問，你知道嗎？假如我打聽你，便會害慘你呢！」

「我才不害怕，從來不理會外邊的閒言碎語和是非。」

「還是男人的世界好。像我，幾乎被咒成蕩婦呢！君白，我相信你不會像那班無聊者，哈，直叫你的名字不會見怪吧？」

心底頗舒服的，怎會怪呢？我放開她的手說：「本來澳洲人都以名字稱呼，妳就叫我的名字，那才像是好朋友。」

「是的，我一直都把你當成好朋友。」

我受寵若驚，假如現場無人，必定將她緊緊摟進懷裡吻個天暗地昏：「阿虹，我也是，這是我的手機號碼。」

她接過名片輕聲說了聲「謝謝」，便被別的男士們簇擁走了。我在鼎沸的人聲裡忽然覺得無限孤寂，好似已被天地所棄者之淒涼。太太回到身旁，那份落莫卻揮之不去。

一夜輾轉，抱著太太時腦裡心中卻全都是阿虹的影子與聲音，我的魂魄已被俘擄。每天痴痴地等著電話，每次手機鈴聲響都讓我心房急跳，等瞧到手機螢幕顯示來電者姓名時又讓失望侵襲。工作分神，面對太太也會神馳太虛，有時答非所問，太太已生疑，卻問不出結果。那天她自作聰明地說：

「君白，你的男性更年期已到了，最近怪怪的，要不要去看醫師？」

「去妳的，我患上的是思春期不是更年期。」我半真半假地說。

「人老心不老，七年之癢早過啦！看上哪位妞兒，要我幫忙嗎？」

「哼！到時妳不要一哭二鬧三上吊就好了。」

「我才不會呢！相信你絕不是那類丈夫。」太太笑著走出去。

一陣愧意使我臉紅，我真想大喊大叫，告訴她，我已經是那類行將出軌的「一丈之夫」了。我如果把心事傾吐，這段美好的婚姻也就會出現裂痕，不講，裂痕依然存在，不過隱而沒顯現罷了。

書房電話鈴聲響起，不抱任何希望地去接聽，話筒傳來甜甜的輕柔柔的聲音居然是阿虹，太過興奮和激動，我竟口齒不清地說：「是！是我啊……」

「沒事，試試你在嗎。那晚沒法多談，實在抱歉呢！」

「哪裡，我一直等妳的電話。」

「有事嗎？可以隨時打手機找我。」

「沒什麼事，打給妳怕妳不方便。」我恢復了鎮靜，心跳也正常了。

「君白，我很敬重你，覺得你是一位好朋友。就因為這樣，所以我忍著不敢打電話給你呢！」她的音色很悅耳，如果唱歌必定是出色的歌星。

「阿虹，我不明白妳什麼意思。」

「我和哪個男人交往，他都會倒楣。我絕對不願你步上後塵，想必你也早聽說了那些風言風語啦！難道不怕嗎？」

「我不怕，也不信，唉！阿虹，我很傻，不知何故這段日子時常想念妳。」積壓心底的思念話語終於不管不顧地流出。

「君白，我也是。唉！那些話不提也罷。告訴你，那些中傷我的話我都不怕，我先生信任我，但求無愧於心，人家要怎麼造謠只好由它去。」她的談興很濃，毫無矯情，坦白率直大膽，一如她的油畫。

「我先迷上妳的畫，後來知道妳不是日本人，相見後便迷上妳的人。」

「哈哈！我心裡是很高興的，但是，君白，我們都不能越軌，我敬重你，知道你是正直的人，更加不會害你，我今天真後悔打這個電話。」語氣堅定認真，像一盤冰水從電話線那端淋過來，我心內那團火被潑濕了。

「阿虹，我們做好朋友，好嗎？」

「我們本是就是好朋友嘛！」

電話掛斷前，我不止一次吻著話筒，心裡又興奮又失望，又安慰也徬徨。千言萬語卻三言兩語結束了，兩心相通，心心相印，但是這段情緣發展下去，就是兩家的悲劇。

阿虹從此不再來電。我不死心，主動掛過去卻無人接聽。在社交場合還是會相逢，她依然冷豔如昔，穿插在蜂蝶群中飛舞，行過來和我招呼：「李先生，好嗎？太太呢？」

她不再叫我君白了。凝視她，我咬著唇，千萬種柔情都湧上心頭，卻一句話也說不出口，我終於知道那些謠言都是假的。

上野林子送的自畫像，掛在我書房壁上，望著畫，心靈一片寧靜。

二〇二一年七月二十日仲冬，於墨爾本封城期

親情

歐洲初春的陽光偶然露個笑臉，就又匆匆躲進深厚的雲層裡，茫茫雪花漫天遍野的，像那一個頑皮蛋，在天庭上將棉絮從缺口傾倒下來，隨著刺骨的冷風飄飛，然後無聲地將風景塗成一片純白。巴黎市郊艾菲爾鐵塔寂寂寞寞地顧影自憐，塞納河畔的遊客們，多數留在開了暖氣的旅行巴士內，把眼睛睜大貼緊玻璃窗，往外攝取冬眠未醒的花都印象。

丁冬住在環都公路外一幢十八層的公寓內，他打開百葉窗，在棉絮繽紛一絲光線裡，展讀老三丁春從德國寄來的信。跳躍在他瞳孔裡的潦草字跡，燃燒著一股仇恨之火，使丁冬的手掌和額角沁滿了汗水。

「大哥，我恨父親，他不是一位好父親，他完全站在老二的立場來對我和迫我，老二丁秋這隻狗雜種，惡事做盡，喪失天良，強占家產外，還陰謀將我迫上死路。

我已經忍無可忍了，決心親手殺死這隻無恥的狗雜種，我知道你很重兄弟情，我向來聽你，他在你面前講一套做一套。你一再上當，你可以放過他，我不可以。這次，我再也不聽你了，在賭場外湖畔，後天就是他的死期。我通知你，你一定要來收屍。三弟丁春於漢堡市」

丁冬拭去臉頰上的汗水，失去平常的鎮靜，他匆匆撥電話，手顫抖著以致電話撥來撥去總是弄錯號碼。當電話打通後老二和老三都無人接聽。他不甘心地試了又試，心裡開始讓恐慌的情緒吞噬。

丁春一定是瘋了！不可能，絕對不可能！而那封燃燒仇恨的信卻又真真實實地放在桌上。瞄上一眼幾乎可以望到丁春咬牙切齒地從信箋中走出來，一步一步地追殺著丁秋。丁冬大叫一聲，摔下電話，抓起信揉成一團扔進檯底。幻影消失後，他留下一張紙條給太太，立刻跑下公寓，跳進汽車。在零下十二度的冷寒裡，用一百三十公里的高速（？）馳入風雪飄揚的公路上，朝著德國的方向奔馳。

眼簾晃來晃去的，時而是丁春狂呼喊叫，時而是丁秋染滿血跡的身體在雪地上哀號。公路上的積雪好厚，車速慢下來。腦裡出現的竟然是西貢河畔，三兄弟談笑風生地坐在帆布椅上喝啤酒，然後結伴前往麗池大戲院排隊購入場券。

去守德（Thủ Đức）游泳，到那條市吃榴槤，前往頭頓城海浴，在堤岸亞東大酒樓與朋友們鬥酒。丁家三昆仲手足情深，親朋戚友誰人不知曉呢？

丁冬的面浮現一絲笑意，思潮飄飛萬千里外，越過千山萬水，越過時間距離，長留記憶的竟是美如詩畫的片段。汽車進入了比利時，兩百公里後將到德國，丁冬的心一緊。寬闊的高速公路上積雪已被堆在兩邊，路面太滑車速不能加快。車外飄雪已停止，腦裡美麗的詩畫也已消失。

汽車在奧登堡市（Oldenburg）拋錨，在客棧裡的那晚他不能睡，眼巴巴地躺床上輾轉等天亮。遲了一晚，不過恰恰是丁春約定的日子，修好車再啟程。心急趕路卻又迷失了方向，多繞了七八十公里，最後終於看到了老二和老三居住的小城「柏史威斯蘭娜」，那十四個長長字母的路牌：Bad Zwischenahn。歡迎他的是靜悄悄的街道，已經快十點鐘，不見行人的小城市，丁冬才想起原來是星期天。他趕去老三的公寓，吵醒了和丁春同住的小林，小林意外地揉著惺忪的眼睛，告訴丁冬：

「阿春哥不在，他天天到賭場，你去賭場或許會踫到他。」

「他近來有對你說什麼嗎？」

「沒什麼特別，還是天天吵著要找阿秋算帳，我認識他多麼久就聽了多麼久，真無聊！」

「謝謝你，如果他回來，你叫他一定要等我。」丁冬說完向小林告辭後，便匆匆趕去賭場。賭場還沒有開門，丁冬踱到湖邊去，湖面全結了冰，草地上也厚厚地蓋了一層雪，到處冷冰冰。迎面一位穿皮襖大衣、將帽子壓到眼眉的人抬頭向丁冬招呼：

「大哥，你怎麼來了？」

「是你，你為什麼還要再去招惹老三？」

「那個賭鬼，我沒有惹他，是他惹我啊！他輸了錢便來找我的麻煩，你說，我該怎麼辦？」

丁秋從衣袋裡掏出一包香煙，遞一枝給丁冬，自己再抽出一根燃上，然後接著說：「爸爸從越南帶出來的金葉他早已分到了，他和我們所得一樣，卻硬要說我占了丁家全部家產。這口氣，我吞不下。」

丁秋和丁冬的樣貌酷似，三十來歲的年齡，肥肥胖胖，給人持重的感覺。丁秋的八字鬍是到德國定居後才蓄的。丁冬戴著近視鏡，外表如書生，由於沒蓄鬍子，看來比丁秋更年輕些。

「阿春可能心理有問題，你不必計較，他由我來說服，你趕快走吧！他說要……唉，你們兩個真的不大像話。」丁冬心中一急，氣就上升了，說話也提高了聲音。

「大哥，那個賭鬼的話你也會相信？今天我來，就要看看他怎樣殺我。」

「阿春寄給我一封信，我相信這次他是被仇恨之火燒到瘋了。你聽我一次，趕快走吧！」

「大哥，他果真要殺我，我能躲到哪裡去？他連你也約來，嘿嘿，又要錢？他眼裡除了錢已經是六親不認了。」一陣大風颳過來，丁秋的帽子被吹落地上，丁冬蹲下拾起，抬起頭接觸到一對像野獸般冷酷的眼神凝視著他。他倒退半步擋著丁秋，丁春原來已悄無聲息地出現了。

他兩手插在大衣袋裡，雙眼充滿紅絲像要噴出火似的，個子比兩個哥哥略高，身材較瘦，他狠狠地盯著丁秋，淡淡開口：「大哥，你來了。」

「阿春，我要和你好好地細談，我們找個地方喝咖啡，什麼事都該講個明白。好嗎？」丁冬在慌張裡回復了大哥的尊嚴，他想起此行責任重大，立即抓緊時機發言。

「大哥，你別多費心了，等我殺了那隻狗後，我們再談吧！」

丁冬迎向前，丁秋沒有跟著，丁春注視著丁秋的動靜。三兄弟的距離恰恰形成了一個三角形時，丁春兩手伸出來，右手握著一枝航空曲尺手槍，槍口瞄準丁秋。這一突如其來的舉動嚇壞了丁冬和丁秋，尤其是丁秋，臉色霎時蒼白，他真的沒想到老三這次是有備而至。死亡的陰影在眼前擴散，他後悔剛才沒聽老大的話；他迅速地張望，左右前後是一片空曠，前方近路邊有個荷蘭風車，左旁是茫茫的冰湖，右面是賭場的停車坪，竟沒有一部汽車停放，地面也滿蓋了雪花堆成的整片白。

他絕望地瞧著老大，如今唯一能救他的，除了老大是再也沒有其他奇蹟了。

丁冬推推眼鏡，放慢腳步，大聲嚷著：「阿春，你不要亂來，如果開槍，你一輩子都要在監獄裡過，你沒有殺老二的必要喲！你講啊，為什麼你要這樣？我們是親兄弟呵！三弟，你聽我，冷靜地告訴我，講啊！」

「哼！親兄弟？我早已沒有那隻狗雜種一般的兄弟。他搶奪了丁家的全部財產，這些年來還對外造謠中傷我，使我孤獨地自己做人。連爸爸也迫我，我到賭場是逃避，逃避這個不公平的社會。大哥，你在法國，是不會知道我的日子是怎樣過的。他以為天下人都像他只認得錢。我講了幾年，求他不要再傷害我，他肯收手嗎？」丁春大聲且激動地一口氣講完。

「老三，你不要含血噴人，我沒有搶丁家的財產，爸爸要怎樣分與我無關。」丁秋此時也開口了。

「阿春，你們有了誤會，老二沒有侵吞財產，是爸爸要寄存給他保管。我是大哥也不計較，爸爸迫你留下，是希望你倆能夠和解，天下沒有一個父親想自己的骨肉互相仇視。你先收起手槍，我們好好地談談。」

「不要迫我，大哥，我一向都聽你的，今天太遲了！有他沒有我，我和他兩個必定要消失一個。」丁春咬牙切齒，雙眼狠狠地盯緊丁秋。丁冬再開口：

「阿春，你記不記得那次在頭頓海灘，海浪將你捲出去，是阿秋拚命把你拖回岸。還有在西寧省外的戰場，是阿秋和我冒著越共猛烈的炮火，幫你改裝才平安逃回家。」

「那時候我們是兄弟。」

「現在我們還是兄弟啊！」

「已經不是了，老早已經不是啦！」

丁秋趁著他們對話，他小心翼翼地往左邊移動，他忘記了那是個大湖，地面、湖上全覆蓋了冰雪，原也難以區分。

丁春盯著他，也暗中向左移，面面相對，一左一右悄悄移動，方向卻全在湖上。丁冬一心在拖延，希望可以打動老三，也盼望快點有人來，這樣也許能避過人倫慘劇的發生。

「阿春，我們還是不是兄弟？」

「大哥，你永遠是我的好大哥。」

「那麼，收起你的槍，阿秋也是我的好兄弟，你殺了他，你就不再是我的兄弟了。」

「大哥，你也不要迫我。」

「你殺了老二，你也逃不了，將來他的兒子也殺你，他的幾個妻舅也會找你報仇，我也會恨你一輩子。阿春，求求你，將槍交給我。」丁冬一邊喊叫，倏然驚覺兩個弟弟的位置已漸漸移到了湖上，他也跑過去，腳一滑便摔倒在雪地上，近視眼鏡跌開了。

丁秋移到湖心時就站定了，他已經驚覺腳下的冰層在碎裂，這時他反而變得很鎮定。因為丁春沒有放鬆地緊跟著移到湖上，他精於游泳而老三不懂水性，只要薄冰在丁春開槍前碎裂，他一沉進水裡，逃生的機會率便很高。萬一他先中槍，老三也會掉進湖裡同歸於盡。如此，他就沒有白白輸掉一條性命了。

丁春握緊手槍，槍口瞄準了丁秋的心臟。他這幾年來心裡燃燒的仇恨，所受的委屈，只要一扣扳機，子彈呼嘯射進丁秋的心胸，一切的恩恩怨怨就煙消雲散了。丁秋蒼白的臉在他眼瞳中擴大，在頭頓海灘那次他被大浪捲了出去，沒頂前眼瞳中出現了相同的一張蒼白的臉孔，不過沒有那兩撇黑鬍橫在唇上。同樣出現在眼瞳裡的一張蒼白的臉，一次救了他，一次就要死在他的槍口下。丁春咬著牙，食指扣上扳機的剎那又鬆開。

丁冬拾起眼鏡後聲嘶力竭地吼著：「阿春！你不要開槍，不要開槍，千萬不要……」

「大哥，你不要過來，我沒有開槍。」丁春回頭望著岸上的丁冬，他將曲尺手槍一拋，遠遠地扔到岸上。丁冬大喜過望，一個箭步跑向前拾起手槍。再抬頭，一片冰雪咔咔嘶嘶的碎裂聲，兩個弟弟搖搖晃晃，丁春在沉落前還嚷著：

「大哥，我沒有開槍啊……」

「阿春，你是我的好弟弟，你是我的好弟弟。」丁冬握著槍，跪跌在雪地上，傷心而淒慘地呼喚著。漫天遍野的白雪花，說來就來，飄飄然地飛舞起來了。湖心上的碎冰互相碰撞，世界只剩一片茫茫白，丁冬破裂的眼鏡也白茫茫的一片……

後記：西德北部距漢堡市約三百公里的Bad Zwischenahn小鎮是度假勝地，湖邊有賭場，湖的面積很大，夏季遊人如織。湖面在冬，春兩季時結冰，連同如茵草坡、風車屋頂皆變成白茫茫的世界。

二〇二二年元月二十五日仲夏，於墨爾本無相齋

娥姑

蓊鬱翠綠森林已失去青釉的色彩，被化學藥粉侵蝕後漸漸泛黃枯萎，小路盡頭已無通道，湄公河支流濃濁滾滾奔湧的江水畔，停泊著兩艘淺灰色軍艦。

我隨著巡邏隊伍完成第一天軍旅生涯的任務，右手食指始終緊扣M16機槍，心情好奇而害怕。椰林飛鳥振翅，彷彿草木皆兵，數度朝天空射擊，惹來隊長的怒斥，光天化日敵人絕少伏擊。老鼠[1]們通常只在闃黑昏暗的夜裡才出沒。

登上軍艦返航回營，弟兄們都急不及待地拿出香煙點燃，三小時行軍後人人煙癮大發。我忐忑不安地忍受著那陣陣刺鼻辛辣苦澀的煙味，想像長官莊少樓上校是何等人——他是我今後好歹也要侍奉的上司。

在我胡思亂想中軍艦已靠岸，原是水草平原裡一塊未開發的處女地，被第五師第七中團建立了據點。岸上無市集及民居，映眼處處營帳塵沙飛揚。隊長引我到辦公室，面對膚色赤銅、雙眼精光閃爍的長官莊少樓上校，他皮笑肉不笑的五官猛抬頭瞪著我：「富春，你就做我的勤務兵，有空時幫幫娥姑，哦，是我太太，弟兄們都稱她娥姑。」

1 越南南方人民稱越共為老鼠，因他們晚上才出沒打游擊戰，白天躲避在地下祕道中我立正敬禮，心底先前的忐忑已一掃而空，以後不必再行軍，越共再凶也可無懼了。我大哥真神通，也沒說究竟賄賂多少錢才將我安插當勤務兵。

娥姑沒半點官太味，年輕靦腆，在家也穿越南傳統長衫旗袍，尤其喜歡白色，前後兩截衣襬遇風輕飄，瘦小蠻腰裸露如雪的肌膚猶若鯊魚肚，柔軟滑膩。偶爾眺望讓我難禁面熱心跳。向她報到，她隨和地改正我對她莊重的稱呼，笑吟吟地要我就叫她：Co Nga（娥姑）。

從此，莊上校好像再記不起有我這個幽靈士兵，為他夫人幫理家務。他每回出現往往酒氣醺身，醉醺醺地又笑又罵。他離開後，經常瞧見娥姑粉頸烏黑、手臂紅瘀，整日愁雲慘霧。那張可人而幽怨的容顏，眼睛望向窗外，經常被我看到雨滴般的清淚沿頰流瀉。

她對我的存在也視而不見，甚少要我為她做些什麼。起初戰戰兢兢唯恐未能勝任的心態已開放，幫她做事變成一種心甘情願。她喜歡唱歌，丈夫出征時她便引吭清唱。

娥姑的娘家在順化古都，一口中部腔唱起越南歌，抑揚頓挫，哀怨時令人愁腸百結，閨怨悲調，我往往被歌聲撩到心酸酸。猛然想起，這些詛咒戰爭、呼喚良人早日解甲歸田的靡靡哀音，我當兵前暗中曾偷偷收聽到越共解放電臺播放，難怪許多共和軍無心作戰而逃伍。想不通身為共和國上校夫人，竟然常常吟唱敵方歌曲！

「富春，你聽過這些民謠嗎？」

娥姑瞧見我傾聽她唱歌受感動的表情，笑吟吟地盯著我問，那對熱切的眼睛彷彿會點燃我的神經。

「沒有，您唱得我心裡很難過。娥姑！您的嗓子真棒啊！」我並非奉承，而是坦誠地讚美。

「這些歌都是北方和古都順化的民謠，莊上校聽到我唱就吆喝要我噤聲。他腦袋日夜想著殺共滅共，心裡又怕到要死。南北都是同胞，你說為什麼要自相殘殺？你是華僑，也是這場戰爭的受害者。不然，何必拋妻離家到來做雜役？」

娥姑猶若滿懷心事無處訴，竟滔滔而談，我不敢置喙。想到她是上校夫人，應對不好隨時會被調走。雖然從來沒見到她發怒，作為勤務兵，我時刻謹慎小心。

「怎麼不說話？」娥姑好興致地望著我。

「我喜歡為娥姑做事。」講完驚訝於自己的話。

「想念太太嗎？」她側頭研讀我的赧顏。

「我……我還沒有結婚呢！」臉頰無端飄紅，我不敢抬頭，地上斜陽映照，旗袍影子夢幻似地旋轉，她像發現什麼新聞似地注視我。

「富春，你幾歲了？」

「二十四。」

「唉，都是戰爭，不然你也早該娶妻啦！」

那次傾談後，娥姑又冰冷如昔。只是，我心思不寧整日疑神疑鬼，時常感覺娥姑那雙水汪汪的黑眼珠，如影隨形地跟蹤我。

她的歌聲若斷若續，心情好時改唱些恩愛纏綿、男女相思魚水歡樂、充滿挑逗的煽情曲。我想充耳不聞卻又無此定力，往往聽到熱血沸騰。衝入浴室用冷水澆淋火滾的身體，忍不住呻吟著呼喚娥姑的名字，強行壓制著不該的幻想。

黃昏時刻，莊上校匆匆回來，也難明夫妻吵些什麼，未久見他怒氣沖沖地衝出門。

娥姑淚痕滿臉斜倚沙發，失神地望向窗外掠過的歸鳥。我將晚餐弄好正準備回營，不意娥姑發聲：「富春，留下陪娥姑吃飯。」

「我不敢，上校命令過要準時回營。」

「什麼上校？他都快死了，我的命令你不聽嗎？」她嗔怒時也難掩嫵媚嬌豔。

我躊躇難決，望著她一臉熱切，終於冒險大膽留下。她很少啟口，盯著我的吃相，彷彿我入口的菜餚也會落入她的五臟般。

「我不是他的太太，只是他洩欲的工具。我們之間沒有愛情，你知道嗎？」她幽怨地說。

飯後，我泡好茶正想告辭，不意娥姑竟將我一手拉到沙發，依偎著我。我的心急促跳動，微微掙扎，心想若被莊上校見到，必定沒命。早聽說他已槍斃了不少抗令的士兵，雖沒親睹，不怕才怪呢！

娥姑拿來酒杯，為我倒滿威士忌。碰杯飲乾後，是酒精作祟或者是我內心對她積壓的情愫已漲滿，我終於觸摸到了鯊魚肚皮柔滑的快感，也不管會被鯊魚吞噬的危險。

我們從沙發上翻滾落到地板，我的童貞讓娥姑濃烈似火的身體融化了。我貪婪如狼地索求，直至照明彈的強光從夜空映入大廳，娥姑忽然推開我，又輕輕咬著我耳垂說：「富春，你快快逃走，時候已到，越共今晚就要消滅這裡了。」

我愕然地摟吻她，笑著問：「妳說笑吧，軍機大事妳如何能未卜先知？」

「是我將營寨的地圖及情報轉去，怎能不知？你走吧，不然將白白送命。」她萬縷柔情地說。

「我不信，除非妳也跟我走！」我怎能相信冷豔的娥姑，是越共安插在莊上校身邊的特工？

「我不能走，有緣將來我們會再見，快走！」她整頓好衣服，進房再出來時竟手握黑亮的曲尺手槍迫我離開。我如夢初醒地轉身出門，四處遠遠近近的各類槍炮聲已大響，照明彈如放煙花。

摸黑逃跑的軍人不止我一人。第七中團的基地也在三天後失陷，莊上校英勇殉國。他至死也不知道娥姑不但是越共特務，更不曉得我這個勤務兵也背叛了他。

娥姑美妙的歌聲依然在的我腦內繚繞，三十多年來再也沒有娥姑的消息，直到如今我仍舊難捨地苦苦在天涯海角尋找她……

二〇二一年七月九日仲冬，於墨爾本

計畫

李源：

我終於平安到了墨爾本，一直都不相信這會是真的，心中老想念著阿如，可憐她只有五歲，我們母女就要天各一方。當然也想起你，到今天我還是不大理解，你為什麼堅持要我一個人去陌生的國家。你的理由當然很堂皇，我比你條件好，又有海外關係，那些遠親是否能給我幫助，你則全不放在心上。想起這些不免生氣。離家那晚你雖然熱烈地擁抱我，我卻流淚，從心底哭喊著，我不要出去，我不要離開你和阿如。說好三年就可以接引你父女來澳洲，是否會那麼順利呢，你根本也沒把握。為了達到出去的目的，你忍心下注，這場賭是只能贏不能輸，我不知有什麼必勝的賭法。賭注已投，我唯有努力。

收拾衣服、文件時又無意看到那張假離婚書，雖然明知是假的，好好的七年夫妻情，卻硬要上演分飛燕，你說是權宜之計，但我深心總是不舒服。你彷彿沒事一樣，高高興興。你從來也沒出過國，只憑朋友幾封介紹澳洲的書信，你的出國夢就如烈火般燃燒不退了。

飛機凌空的一剎那，我衝動到幾乎想在機門沒關上前溜下來，阿如聲嘶呼我的哭音至今繚繞耳際，每一念及眼淚便如關不緊的水龍頭，如泉湧出，止也止不住。我從來不後悔，因為後悔是無藥可治。明知如此，這次卻在飛機依然在中國領空飛翔時，竟讓後悔在血液裡奔流。心中湧起一份恨，恨你的冷酷，也恨我們為什麼要生為中國人。假如我們都是澳洲人多好呢！這些年都只聽說中國留學生湧到美國、日本、歐洲，然後就是澳洲，有哪一個國家的人投奔我們「偉大的祖國」呢？

我的心一直忐忑不安，墨爾本機場的稅關人員很和氣，居然不查行李就讓我通過。外邊接機的人很多，左等右盼足足待了一個多鐘頭，我的遠親卻沒有出現。幸好遇到一位好心的華僑，他照著我出示的小林的地址，用汽車載我去。整整開了五十餘分鐘，經過墨爾本市中心時，人潮往來非常熱鬧。小林住在市郊外，和四位同學分租一間公寓，我只好臨時做廳長。今晚沒法入眠，想你，想阿如，想家，千般愁無端襲來。

明天，是一個全新的里程，要趕去英語學校，要去找工作。今晚已從小林那兒借到一本地圖，粗略地學習了如何乘搭火車、乘搭巴士和電線車。小林已在學開汽車，這裡生活的人開汽車如我們用腳踏車，家家戶戶都自備汽車。我們是窮學生，唯有先乘坐公交車。小心照顧阿如，多多來信給我！

祝好！

惠惠　二月十日

◇

李源：

到澳洲至今已月餘，午夜夢迴，想念阿如和你時，總忍不住淌淚。我昨天搬到新地方，和另三位同學合租的兩房公寓，大家很少見面，故住處總是冷冷清清。我每天一早起床，匆匆趕乘電車到墨爾本市上課，放學後乘火車到一家中餐館去洗碗碟，晚飯在餐館裡食，回到宿舍往往已近午夜，和小林沒說上幾句話就倦到無法睜眼了。要交的功課根本無法應付，反正學校也不認真，有錢納學費就行了。

週六和星期天，大部分的澳洲人都不幹活，我卻慶幸能在一家小成衣工廠車衣，這些收入不必報稅，但也因為如此，老闆壓低工資，非但沒有週日工作津貼，還比一般時薪少三元左右。計較太多除非不想要錢，反正可以增加收入，先賺再說。學費是主要開支，房租、伙食、車資、雜用等等，假如沒有二百五十澳元（學費占去一百五十元）收入，每週七天就無法應付。澳洲並非遍地黃金，但真能留下來，少去了學費開支，要剩錢倒是很容易呢！

至於怎樣才能正式留下來，經過先來者的分析也就意興索然。去辦假結婚，花費兩三萬澳元，單單這筆錢就不容易籌備，況且也會出事，能成功騙過移民局的幸運兒太少了。除了那些未嫁而年輕貌美的姑娘，她們是有很多機會和澳洲公民成婚而改變了身分。你心急地問我有沒有去進行我們的計畫，對這個社會我依然陌生的情況下，我怎麼去進行呢？縱然雲英未嫁，也得有時間出去社交。我現在除了睡覺，時間都花在公車上、去學校、餐館與成衣廠。我寫信給你是在睡意濃濃時犧牲一個小時，這麼緊湊的生活步伐，要找對象也比登天還難呢！

想起來我還會噁心，教我如何去騙一位陌生人說我還沒有出嫁？洋人不在乎，華僑卻比國內更保守。找洋人語言有障礙，沒法溝通，此路不行，唯有慢慢等待。這種事，不比買衣服，拿錢換貨。

我一時仍然還沒法接受你的見解，為了阿如的將來，你說我們要犧牲。忍受分離的相思，忍受暫時的痛苦，忍受我「改嫁」的悲哀。這種種代價只為了換取一家出來，我不知道是否值得如此。人已來了，反悔徒增煩惱，世事多變，強求不來。我完全理解你的心情，但是我不能擺脫悲劇的陰影。小林抽煙又喝酒，醉起來胡亂哭鬧，他已經成了黑市居民，那份無助我看了都想落淚。不知道我們的悲劇要到哪一天才能結束呢。告訴阿如我很想念她。

祝平安！

惠惠　三月二十日

◇

李源：

今天是退伍軍人節，不必上課，市場都不買賣，終於有一天的假期，可以慢慢寫信給你。

有一個消息不知該說好或壞。我到墨爾本的第一天，遇到那位好心載我去小林住處的華僑，原來開一家外賣店，我兩星期前另覓工作去應徵時才知道，他叫何成與，三十多歲人，還是獨身，是越南逃難出來的難民，如今早已入了澳洲籍。外貌斯斯文文，還配了近視鏡，五官端正，談吐親切，常常掛著笑容，望人的神情，認真到彷佛要把對方攝進心裡。他一眼認出是我，好開心地就把工作時數與時薪相告，不加考慮便聘我到他的店裡做臨時工了。

我很難為情地告訴他，自己依然雲英未嫁，他關心地詢問我家鄉的親人，我將你說成是唯一的「表哥」。他什麼也沒有懷疑，我們一起工作，有說有笑，真沒想到從越南來的華僑，會講那麼純正的普通話，我們的溝通完全沒有問題。

放工後，有時超時，他就主動送我回去。雖然只有幾十天的相處，我已感覺到他對我的種種言行都很留心，熱心地主動地和我聊天，很多細節表現出了額外的關懷，我已經敏感到只要假以時日，我「嫁」出去是沒問題了。這個消息不知該是算「好」，或者算「壞」，由你自己去評定。

為了實施我們的「計畫」，我查詢了婚姻改變身分的問題。結婚很簡單，去教堂或者註冊處辦理，拍完婚照，然後到移民局申請，大約一年左右，經查實是真正的夫妻（移民官午夜會按址前來突擊檢查，如男女並非住在同一居所，就會被懷疑是假結婚），身分就可改成永久居民。然後再待多兩年便能申請入籍，等宣誓為公民後，再辦理離婚。沒有子女與財產的糾紛，法庭都會批准，我到時便是一位獨身的澳洲公民了。

前後要四年的時間，只要一切都沒變化，我會早些去實行我們的「計畫」。出「嫁」後我可以不必納學費，又可省下一筆可觀的錢，將來你們父女的機票，和到達後重新購置家具的費用就不必操心啦！

你什麼時候去開元寺，切記為我求菩薩，保佑我順利。四年很漫長，我恨不得早一日見到阿如呢！

以後來信給我，不要寫熱情的話，記得你是我的表哥。在整個「計畫」沒有實現前，大家小心點比較好。

本來想寫多一些這裡的情況，恰巧何成與的電話剛剛來，他要帶我去企鵝島觀光，拍了照片以後會寄給你。阿如的生活全要你照顧，她還有沒有哭著要找我呢？

祝快樂

惠惠　四月二十五日於墨爾本

◇

李源：

將近半年了我沒有寫信給你，害你掛念。實在是沒法動筆，試了幾次，總很難對你解釋。那次去企鵝島旅行，竟然會是我生命的轉捩點，冥冥之中有定數也說不定。這種安排對你完全不公平，奇怪的卻是由你的主意而促成。

我一直記掛著你訂下的「計畫」，沒想到事情進展太順利。無巧不成書，那晚看完企鵝，汽車竟有故障無法發動，最後我們唯有在企鵝島的旅館過夜。要發生的事都很自然地按照我的思維完成，何成興是個很負責任的人，我們很快地舉行了婚禮。我忽然變成外賣店的老闆娘，從此不必再去上課，居住環境也變得更好了。生活很愉快，每週休息一天，我們必會到郊外或海灘輕鬆一番。日子飛逝，成興的溫柔體貼，對我深深愛戀之情漸濃，人心是肉做的，我也在不知不覺裡假戲真做，陷入了極度精神痛苦的深淵中。

我徬徨不知所措，初始，還時而念著我們的過去，尤其阿如更經常入我夢裡。我恍惚而六神無主，在他關懷的眼神中，卻又不得不蘊藏心中的祕密。自我掙扎，有時放縱不去想，自欺欺人地混日子，但這樣並沒有解決內心的困擾。

幾次三番想把我感情上的波動告訴你，又怕刺傷你，每次提筆，躊躇再三還是難於在信箋上塗寫。不知道如此地背叛你，在女人群中是否有先例？但我坦白講，那實在不是我的初衷。假如我不出國，上天也不會讓我做一個痛苦的選擇。阿如是我們的骨肉，你也許以為可以萬無一失，但是我如今也已懷孕五個月了，肚裡同樣有我和成興的結晶。我想了很久，也掙扎了好久，不能再永遠自欺欺人，對不起！那個「計畫」我無力去實現，我還是安安心心地做何太太，全心全意擁有現在幸福的家庭。

我很冷靜地告訴你，做這種抉擇本來並非我所願。不論家鄉如何難於生存，你忍心要我去對別個男人投懷送抱，無論為了阿如或是為了你，我的感受是你並不重視我。我以前應允你，實在是別無選擇。四年那麼漫長的日子，萬一出錯，我也許會再回去，在墨爾本這塊人間淨土生活了近一年，我絕不甘心再回閩南農村了，人總是會成熟的，不是嗎？

這是給你最後的一封信，我會按時寄些錢給阿如，將來有辦法時，可以幫助你父女出來，為了阿如我一定會盡力去做。女兒假如問起我，你就告訴她媽媽已經死了。

祝好！

惠惠　十二月二十日　墨爾本

二〇二一年七月二十四日仲冬，於墨爾本無相齋木星的眼睛追蹤著的目標，驟然如飛舞彩蝶般輕盈俐落，出其不意地已站立在他跟前，笑吟吟頷首，大方熟練地伸出右手。在他緊張心跳加速的刹那中，一握後又自然抽離，甜蜜蜜的聲音說：

「木先生，還記得我嗎？太太呢？」

「像妳這麼美麗的女士，男人見過終身難忘！我太太到歐洲探親還沒回來，妳先生呢？」木星半年前在從香港返澳的國泰班機上和她共坐一排，九個小時航程上神魂顛倒後，她沒留下電話。他遞送的名片印著幾個不同號碼，卻始終不見她撥打來，沒想到在雙十國慶酒會上竟又遇見了。

「他呀！不愛熱鬧，很少出來。對不起，答應給你電話，實在太忙，我知道遲早會再遇上……」

木星凝視那張圓滾滾容顏的五官，濃妝裡朱紅嘴唇開啟，如丁香的舌尖吞吐，一縷幽香淡淡襲至。他忘情而狂妄地飽餐秀色，她突然觸及那對如飢似渴的眼神，彷彿是一對能透視的瞳孔。她臉上微微顯紅潮，匆忙如游魚般遁走。他驚醒過來，隨手多拿一杯香檳酒，在人群中尋尋覓覓，很快就被他發現，趨前將酒杯送到她手中，怯懦開口：

「李太太，為我們的重逢乾杯！」他仰脖一口飲盡。

她淺淺啜了半口香檳，笑著說：「叫我媚娘。」

恰恰舞曲停了，接著是探戈，他躬腰輕聲地說：「媚娘，請給我這個榮幸。」

舞池上雙雙對對的伴侶均陶醉在柔和的音樂中，她鮮豔的衫裙旋轉飄飛，幽香似蘭花。他擁抱她，隨著拍子移動腳步，猶若踏在雲端。「媚娘，媚娘！」細聲呢喃，靠近她耳垂，他夢囈般地呼喊著她，她翩翩如仙女，婀娜凌波，一抹笑意始終浮雕於容顏上。

每首樂曲揚奏，他必相邀，她興高采烈地沉醉於舞步的律動中，他卻再次重溫飛機上迷惑的舊夢。這回距離自空中拉至地面，相擁起舞，溫香滿懷，木星渾忘天地，完全無視於周圍投射來的詫異眼光。

曲終人散，送她回家，左手伸去盈握她右手，她微作掙扎，依然被他逮住不放。媚娘嬌態撩人，心底溢滿喜悅，已經好久沒被異性如此痴迷，聽進耳膜的甜言蜜語在心湖掀起了百千個漣漪。她真希望那條高速公路能無盡止地延長，好讓他熱乎乎的手緊緊握著。

汽車終於轉入了小路，木星拉起她的手用唇印下，痴痴地問：「媚娘，我們能否再見？」她抽出手微笑地說：「明天中午到我家來看看我的畫，晚安！」他開門，有股衝動想擁吻她。在她家門前，自動燈忽然亮了，他怏怏地逃回車內，揮揮手後開車離去。

家冷冷清清，太太帶同兒女一起到歐洲歸寧。木星了無睡意，溫熱餘香彷彿仍存身旁，看不出芳齡的媚娘竟如影隨形，巧笑倩影仍在腦內繚繞。「媚娘，媚娘！」他低聲呼喚。電話鈴聲忽而大響，抓起話筒以為是她……，竟然是萬里外的妻子：

「你去哪兒滾？找了老半天！」刺耳語音傳到。

「國慶酒會才散，我就回家了。」

「外婆入院，我想改期下個月才回家，好嗎？」

「好，好！妳不必掛心，我一個人也能應付的。」

「不要去到三更半夜啊，我會找你的，拜拜！」

放下電話，他泛上了一絲笑容，正想洗澡，鈴聲又響：「喂！」

「木先生，還沒睡嗎？我撥了幾次都不通。」

「媚娘！哦，剛才是她打來，妳在哪兒打電話？」

「樓下，他已睡熟了，謝謝你給我一個愉快的晚上，你的舞跳得真棒啊！」甜蜜蜜的聲音掩不住喜悅。

「媚娘，我去接妳，好嗎？」木星忽發奇想地說。

「你瘋了？睡吧，明天見。」她說完急忙掛斷了線。

木星睜著眼，到處是媚娘的聲音，已過不惑，十幾年的婚姻平靜無波，如今竟會對一位有夫之婦頓生綺念！逢場作戲，人生別太認真，何必活得那麼累呢？他明知這樣的戲很不該，卻無法抵抗再次揚波的誘惑。他為自己找尋種種藉口，時而安慰，時而憂思，一夜輾轉無眠，翌日天亮才沉沉地睡著了。醒時已近午，匆匆更衣，特別刮淨鬍鬚，噴多些古龍水，吹好頭髮就趕去媚娘的家。停好車，他先打個電話，接聽的果然是她，放下手提電話她已出現等在鐵閘外。媚娘迎門，知他要來，故家居仍盛裝以待。

木星把帶到的巧克力奉上，她微笑地說：「謝謝，我女兒很喜歡，自己不敢再吃，夠胖了。」

「我不敢送花，妳先生呢？」

「上班啊，女兒也上學，家靜悄悄的。來，參觀我的水彩畫，請您批評指教。」她又如粉蝶展翅，將他引進到客廳後邊的畫室。走廊掛著一幅全家福，他看看她身旁的男人，半禿著頭，比她老多了。沒半分夫妻相，女兒十三四歲，清秀美麗，幾乎像她年輕時的化身。

「媚娘，他不該是妳的丈夫喲！」

「你別亂講。你太太美麗嗎？」她瞧他，挑戰的語氣說。

「還可以，當然沒法比上妳啦！」他滿足了她的驕傲。

畫室掛滿了大小的畫作，木星訝異於她能畫出那麼多幀水彩作品，其中幾幅裸男尤為醒目，肌理線條分明，表情真切。

「原來妳是畫家，真是失敬。」

「畫家是不敢當，打發日子，好玩而已，你說可以嗎？」

「說真的，我不敢批評，應該開辦畫展，別埋沒了妳的天才。」木星拉起她的手誠摯地說：「人美畫也美。」

「你的嘴很甜，他從不贊我，也不管我……」

木星沒等她講完，順勢一拉，把嘴強印上了她的唇。她臉頰飄紅，左右躲避掙扎，最後像脫力的魚，不再游走，軟綿綿地任由他狂熱地亂吻。糾纏了一回後，她才推開他，半嗔地說：「窗戶沒關好，給我鄰居窺見，你就害死我了。」講完伸手整理亂髮。

「對不起，昨晚想妳而失眠，今天討回欠債。」他再想擁抱她時，她警覺地溜出畫室說：「我煮了粥，一起食午餐好嗎？」

「我本想請妳出外飲茶，沒想到能欣賞妳的手藝。」

午餐後，她要去接女兒，臨別時，木星想吻她，她緊閉口唇，只把臉頰給他。他歡天喜地地離開，沒想到進展如此飛快，朝思暮想的媚娘，竟也陷入與他的戀愛情網，也不知道究竟是誰欠了誰！

接下來的日子，木星朝思夕想，咫尺天涯，相距二十餘公里，居然千難萬難地無法再前往歡聚。電話裡訴衷情，說到唇焦舌乾，也不獲她允許再到她家中。纏綿情話如今只能透過電話傾談，他宛如落進拍拉圖預設的精神戀的圈套裡。日子變得苦澀難過，工作也無心投入，每天撥去不少次電話，幾次三番苦求，她終於約定了在超級市場的地下停車場會合，陪他郊遊。

木星細算時間，已接近太太回家的日子了，白白浪費掉那段自由，如果媚娘雲英未嫁，一切便會更順利如意。期待中，相會的日期姍姍而至，依約攜花前往，她稍遲才駕車出現，停泊後從容走進他的車內，接過鮮花，展顏相謝。

「媚娘，妳狠心，為何不肯見我？」駛出停車場，木星拉起她的右手輕撫，踫到戒指，兩克拉大的鑽石耀眼生輝。富家太太，縱然是老夫少妻，那些優裕生活享受就是現實，他憑什麼？除了比他丈夫年輕二十歲，這份本錢並非都可以押注，兒女和太太是不能隨便押上去的牽絆。

「我怕，為你，為我，今天以後我們別再相見了。」

「我們還沒正式開始，怎能就結束呢？」

「就是還沒開始，更容易了結。明知沒有結果，何必陷下去呢？」她掙扎地抽出右手，再說：

「你太太後天回來了，我們還是回到自己已定的角色上，少些麻煩呢！」

「妳滿足於自己扮演李太太身分嗎？。」木星的汽車已駛入前往智朗市高速公路公路。

「好食，好住，沒什麼奢求也算不錯啦！人生總會有憾事，我雖不愛他卻也沒想過下堂求去，都那麼多年了。你太太很好，你也會騙她？」媚娘瞪視車窗外的雲彩，平靜地說，話鋒一轉，微笑地側過臉去望他。五官很端正的是一張不討人厭的容顏，和眼內放射炙人心扉的濃情，那男性肌膚精壯的線條散發著魅力令她迷惑，一個多情而幻想的中年人，掀起心湖波紋，幻影消失後，波浪必能靜止。

「遇到妳，劫數難逃，她回來後，我會坦白。」

「傻瓜，你千萬別提，女人鬧起來沒完沒了，大家都會家無寧日呢！」她伸手拍了他的大腿一下。

「妳老頭子也知道了，我們就有希望。」他抿起嘴，很認真的樣子。

「我花錢如水，你真要悔之晚矣！」

過了智朗市，用過午餐，木星沒把汽車駛去海灘，而是駕入離海岸不遠的旅館。到接待處辦了手續取過門匙，回到車旁對媚娘說：「我們找個地方好好傾談，下車吧！」

「什麼地方？到海灘去吧！」媚娘下車左顧右盼。

「沒人的地方，海灘怕會遇到熟人。」木星牽扶她，邊走邊講，找到房號，雙雙進內。

反手鎖上房門，扭亮燈，拉上窗簾，將她的手提袋取下，他迫不及待地拉她入懷。吻如雨點般在她臉頰上、眉睫、額頭、耳垂和粉頸灑落，最後是那張薄唇。她掙扎擺動，閉上眼睛後雙手環抱他，渾忘世界的四片嘴唇緊緊相接，宛如沙漠久渴的旅客發現水源狂吮不止。

久久，他飲飽甘泉後，輕推她坐於床沿，蹲身為她除鞋去絲襪，輕手移下背面拉鏈，衣裙脫落。他忍不住撫摸那身雪白柔軟如棉的肌膚。她羞澀找條毛巾披上，走進浴室，他匆匆除盡衣裳，赤裸而堅挺著怒吼的炮徑踏入浴缸。

媚娘臉泛紅潮，任由他塗抹肥皂，然後緊緊摟抱讓水灑淋身體。他在水花沖淋下，俯首吸吮她那圓滿飽漲的乳房。腦內忽然閃過太太的裸身，記憶內竟空白一片，太太從不肯讓他一起進浴室。熱水裡吮吻媚娘的乳峰，竟是一種全新而心跳難當的經驗。

濕淋淋的兩具裸體半擁半推地跨出浴缸，木星溫柔地用毛巾輕拭擦乾她一身的水珠，自己匆促抹完，拉她到床上，開始為她按摩。從腳尖到腿部，背部腰圍略粗，肚面微凸發胖，每處均搥搥打打又按又搓，她嬌聲呼喊享受著全身的撫摸。

將她扶正，她閉起眉睫，任他擺布觀望。媚娘風韻猶存，肥瘦適合。他趴下，從髮梢到腳趾，用舌尖替代十指，吻遍她肌膚毛髮每一分每一寸的地方……

媚娘呼喊狂叫，反身推倒他，她已忘了身在何處，全身神經都在他舌尖挑逗下復活了。老頭子二十年來供應她的豐衣美食，全抵不過這剎那的震撼，她語無倫次，木星承受著她體重的壓力，每個衝刺彷彿怒海狂潮湧至。他呼叫著「媚娘，媚娘」，炮徑快折斷前，溶漿從火山口噴射，沒完沒了淹滿了她的體內。然後天地沉寂無聲，一切皆已回復原形。沖洗後相擁床上，他無力地說：「舒服嗎？妳餓了太久啦。」

「早已習慣了。」她主動去玩弄他那低頭萎縮到如小指般的敗將，俯口亂吻，終令它朝天再展雄風。媚娘跨腿再覓仙境，瘋狂如虎撲殺，完全不管羔羊死活。木星雙腳痠軟，幾次想推開身上的媚娘而不果。浪潮暴風終又平息後，木星唇乾口焦，全身虛脫，猶若大病初癒。媚娘恰恰相反，但見她神采飛揚，眉梢春意濃，比先前更覺嬌豔可人。木星掙扎起身為她穿衣鞋，離開旅館竟已夕陽西斜。

外邊細雨飄飛如絮，浪漫後才知已超時。媚娘不時望著腕錶，他踩踏油門增快車速，安慰她說：「媚娘，別擔心，妳說什麼他都相信，遲些回家也能找個藉口。我們什麼時候再出來？」

「你太太要回家了，我很怕，再下去一定會有事的，我們緣盡了別再拖泥帶水。」她語氣冷靜，熱潮退卻。

他伸手抓住她的手，觸到那顆鑽石，心如觸電，想出口的話又硬吞下，他憑什麼？太太應該已上了飛機，後天清晨將和兒女回到家，這一切都成了夢幻。

車駛上西門大橋，雨點如冰雹打落，斜坡滑速加快。他從甜夢裡抽回手，駕駛盤忽然朝右傾，木星緊急踩踏剎車掣，媚娘驚呼大叫，雙手抓緊他的臂膀，轟雷似地一聲大響，汽車失控撞上路基……

「媚娘！媚娘！」他醒來時迷迷糊糊地記掛著她，睜眼意外望著的竟是太太春芳。他掙扎著吃驚地面對那張冰寒冷豔的五官，手和腳都包裹著白紗布無法動彈，口吃地問：「怎麼回事？妳什麼時候回來的？」

「怎麼回事呵？問你自己才知道。媚娘是誰？你這個沒良心的為何不撞死好了？電話裡三番四次地叫你不要去滾，你居然不把我當回事。害我們母子三人在機場左等右盼，你不說清楚那個狐狸精是誰就別回家。」春芳的憤怒、妒忌、悲哀和失望、傷心等，種種糾纏的感覺，一股腦兒爆發，也不管是在醫院的加護病床上的男人，才從昏迷中甦醒。木星神智恍恍惚惚，耳際除了妻子的怒吼，他念念不忘的是如今生死不明的媚娘。很想問，但望到春芳那張鐵白的冷面，便將到口的話強忍住了。護士將吼叫的女人拖離病房後，世界再回到太初般的寂靜無聲。

翌日，木星從護士口中探聽到媚娘只是受了輕傷，三天前已經出院了。他焦急地盼她會出現，又怕到時和春芳相遇，日夜在矛盾裡度過。媚娘沒來，太太彷彿已變成另位陌生女人，將兒女帶來，對他不理不睬。每當無人時，便迫著他問媚娘是何許人士。她聲明如不招供，找不到這隻「狐狸精」，就要和他一刀兩斷，沒有任何商量的餘地，不肯招認偷情真相，就是沒悔改，她怎麼能和一個不忠的丈夫再續情緣？

每次迫供，木星皆陪笑臉，好話、假話說盡。春芳不改初衷，她非要找出那個女人較量不可，倒要看看是何種貨色，能令丈夫為她神魂顛倒；而且竟在東窗事發後不肯出賣她，這絕非煙花女子，那更要找出真相。唯有撕破臉才能杜絕藕斷絲連，不然，長痛不如短痛！春芳傷心過後，拭乾淚水，暗中去見律師，以備最後攤牌。

木星在病房裡悄悄給媚娘打了十餘次電話，始終無人接聽，他再怎樣焦慮也無法知悉媚娘的消息。，傷勢漸痊，辦理出院，已經是發生車禍的第五星期。回到家，春芳如潑婦，日夜吵鬧，十餘年的夫妻，感情一旦破裂，猶如碎碗再難修補。他不能講，絕不想將媚娘拖進糾紛裡，弄不好，桃色醜聞只會擴大，兩家都難面對。

「我再給你最後一次機會，你悔過自新，就說出那隻狐狸精來，只要帶我去她的家，和她講清楚，我們才能重新開始。不然，我們只好進去簽字。」春芳冷著面孔站在賴律師門外對木星說。他木無表情，有些措手不及的一份憤怒，他不相信向來溫柔如水的太太，竟會變到絕情如斯。心裡有氣，這些日子家無寧日，潑水難收。他記掛著媚娘，心底明知是錯，但不能為了挽救已經破裂的婚姻，而去傷害那位令自己情迷的人，何況，供認後也殊無把握能收覆水！

春芳左一句狐狸精、右一句淫婦地冷嘲熱諷，激起木星的憤恨，但寒著臉閉嘴不說，心底打賭太太不會再越雷池半步。如果她真的跨步入內，證明情絕義盡。春芳等待著，沒有反應，話已出口，再難下臺，何況她怎能和一位不知悔改的丈夫再一起生活，任由他瞞著她去勾三搭四？

「你真的不肯講？」

木星搖搖頭說：「我自己也不知道她生死下落，有什麼好講呢？」

春芳推開門，恰恰是到了她的預約時間。木星麻木地瞧著她，猶豫了一下，也隨著踏入律師行。賴律師把離婚手續簡略地解釋後，問她是否要再冷靜考慮。春芳咬著唇，兩行淚水沿著臉頰滑落，負氣地提筆先簽了名。木星很生氣，想到她竟已約好律師，離婚紙都已印好了，他拿起筆也草草簽下姓名。雙方同意分居一年，始再辦正式離婚手續。子女暫時由女方負責，男方要遷出原址。

他們一起回去，木星失神地匆匆收拾了衣服，拎著皮箱出門前，分別摟抱了已近十歲的一對兒女。站在門階才驚覺，從今天起這個家已沒有他的份了。茫然地找到一位朋友處安頓，當晚又一連打了幾次電話，最後終於有了回應，是他熟悉的聲音，他急忙地說：

「媚娘，妳去了哪兒？我找妳找得好苦啊！」

「先生，你打錯電話了。」媚娘甜蜜蜜的聲音也沒變。

「沒錯啊媚娘，我是木星，撞車後就無法聯絡。」

他焦急地說。

「先生，我不是什麼媚娘，沒有這個人呢。」她說完掛斷了電話。木星對著話筒喊，不死心再撥打過去，卻再無人接聽。他試多幾回才頹然放棄。那天纏綿床上的百千種溫柔，美妙如夢幻般，沒留下任何痕跡，就為了保護她。如今她居然否認了自己是媚娘？他竟為了一位不存在的女人而毀家？驟然的悔意湧現，他伸手撥電話給春芳，她的聲音柔和傳來：

「喂，請問是誰？」

「是我，我想告訴妳，我已經找到了她……」

「你不必再耍花槍，我已不想知道。找到她，恭喜你啦！」春芳重重地掛上電話，猶如隔著電線狠狠拍了他一記耳光，他臉上熱辣辣有被打的感覺。

那日在市場裡驟然遇見她，身邊的男士並非相片中的半禿老頭，而是比他年輕的洋人。他快速地趨前開口：「媚娘！很高興終於見到妳了。」

她瞪了他一眼，似笑非笑地將身體親密地靠近洋人肩膀，擦身而過，遠遠拋回一句話：「先生，你認錯人了。」

他跟著她的背影，望著那婀娜多姿的身體，是她，千真萬確是她！但為什麼不肯相認呢？再水性楊花的女人也不至於絕情如斯吧？木星百思難解，追蹤到停車場，看著她和洋人一起進入車內，望著汽車絕塵而去。

木星瞪著一對如死魚的眼睛衝出街邊，揮舞著拳頭仰首向天，聲嘶地問：

「老天啊！告訴我為什麼？為什麼？……」

二〇二二年四月二十六日仲秋，於墨爾本無相齋

銀婚

請帖派發後，林堅本來輕輕鬆鬆的心情竟變得非常緊張。這些年來也不知道收受了幾百張紅帖，終於也輪到了自己宴客。事先絕對沒想到要那麼隆重地熱鬧一番，那天太太雪兒不經意地提起：

「真沒想到我們兩人會守在一起長達二十五年了。」她面對衣櫃的四塊大鏡脫下晨袍，潔白肌膚照映出依然婀娜的身材，林堅瞄一眼，跳下床伸出雙手把她緊緊摟抱：

「沒想到的是妳還是那麼美麗動人，從來沒仔細地看看妳，家裡有寶老當是草。」

「老沒正經，去你的。」雪兒一手推開丈夫，慌慌張張地抓起晨袍再披上說：「我當然是草啦！不然你怎麼會在外邊愛了一個又一個！」

「以後再也不會了，都老夫老妻啦！二十五年的婚姻是銀婚，為了表示對妳以後的忠誠，我們要好好慶祝一番。」

「信你才怪呢！」雪兒淺淺地冷笑，又迅速回復了冷若冰霜的表情。

林堅耐心地表現了前所未有的誠意說：「不管怎樣，外人都說我們是好夫妻，銀婚慶典就大宴親朋，我以後也洗心革面，真正做一位好丈夫。」

就是如此的對白促成了這次的盛會，間接也是對自己名望的考驗。到澳洲十餘年，長袖善舞再加上左右逢源，今天的林堅早非吳下阿蒙。手上有了花不完的錢，也就有許多各色千嬌百媚的妞兒，在他身旁繚繞翩飛。最令人不解的是雪兒總是一副毫不在乎的樣子，在正式交際場合，夫妻倆出雙入對，情意濃濃，在僑社裡傳為佳話。

林堅看來是下定決心回頭是岸，自從準備大事慶祝銀婚之喜，他幾乎謝絕了交遊，連許多出現的電話裡的女人聲音也絕無僅有，人留在家裡時間也相對地增加。這段日子，反倒是雪兒經常早出晚歸，夫妻偶然見面，雪兒仍然一如往昔，愁眉深鎖，完全無視於丈夫的改變。

他們獨苗獨子曉風今年已經十八歲，從小已習慣於父母間的冷戰。對於這位難得留在家的爸爸，少接觸而導致父子間不能投入，林堅近來終於主動地去親近這個兒子。從閒聊到關心他的功課，而更進一步地和兒子對弈象棋，父子間本存著一份血緣天性，一加調和也就融洽了。

「爸爸，我真的好高興啊！」曉風輸了棋，仰首凝望外表依然頗年輕的父親說。

「什麼事那麼高興？」林堅笑著問。

「您變了，和以前不同。只是，媽咪還是一樣。」

「別擔心，你媽咪也會慢慢改變。」林堅口裡這樣安慰兒子，心內卻也有點忐忑不安。雪兒不但全沒有變的跡象，這些日子神不守舍，又似乎心事重重。對於銀婚慶典的冷漠態度，使他熾熱的興致再也沒先前濃烈。

禮物和賀卡、賀電及祝福的電子郵件紛紛接到，林堅躊躇滿志地親手將每一份賀禮擺設在大客廳。當拿起一束精緻鮮豔的玫瑰花環時，一不小心手指被刺戳到，血絲泌出，而卡片上的署名周子春猶如尖刃。這個不可能出現的名字，這個本已經死去二十多年的人，如今將名字化成三把尖刃直刺進他的眼瞳和心臟。他忘了手指刺痛之感，恍恍惚惚在一陣暈眩中跌坐在沙發上。周子春？周子春英姿雄偉的形象又浮現……

南越著名的度假觀光區，距離首都西貢（現名胡志明市）三百公里的大叻山城郊外新村，三面環山，風景幽美。盆地平原上居住著幾百戶務農的華裔，他們日出而作，日落而息，過著與世無爭的隱居生活。村裡建立了一所教會小學，一百多名學童每天都到校內讀書。三位年輕的教師都是從西貢聘來，其中一對夫婦便是林堅和雪兒。另一位單身漢，國字臉龐有兩道濃黑的眉毛，彬彬有禮地淺笑拉開了黑眉毛所呈露的威嚴相。端正的五官配合略矮的身材，是充滿了一股男子漢的氣概。膚色蒼白的原因是為了長年逃避軍事義務，少見陽光而造成的，會讓人想起武俠小說中常常形容的白面書生，是很貼切的聯想，此君便是周子春。

年輕人一見如故，三人的友誼隨著時間而增長，大家除了教書外，其他日常生活幾乎是形影不離。一起上市場，一起做飯燒菜或洗衣服，快樂的日子，猶如整個世外桃源的新村就是為他們而存在似的。雪兒喜歡唱歌，沒想到周子春的嗓音也是好棒。於是，課餘時，校內到處繚繞著悅耳的歌聲，有時是獨唱，有時合唱，偶然也會聞到對唱。

林堅插不上口時，他獨個兒看書，一切都是那麼風平浪靜，生活如詩似畫，日子飛逝，半年後學期結束。不久再開學時，周子春忽然對林堅說：

「阿堅，我決定搬到從義市去住，已經和當地的學校講好了。」

「為什麼？」林堅一臉迷茫和意外。

「這裡學生人數不多，有你們夫妻就夠了，我很想換換環境。」

「我們兩人怕應付不來，還是別去吧！」林堅誠心地想把好友挽留。

「我相信你們可以應付，我放假時會經常回來探望你們，你到市集採購時也可以來探望我啊！」說走就走，留下一堆疑惑給林堅。

那晚，他悶悶不樂地問太太：「雪兒，妳有沒有得罪子春？」

「沒有，他早上還照樣唱歌。」雪兒回答著丈夫，心中卻明明白白知道子春離開的真正原因。這段日子相處，由於彼此的歌聲對唱，歌詞中的你儂我儂令兩人竟然情愫暗生，雙雙陷進了痛苦的深淵。兩人明知這樣是不對，也明知是對不起林堅，卻無論如何不能自拔。這一切全瞞著林堅，最後周子春決心離開新村，想抽慧劍，想埋葬這一段不該發生的「愛情」。

日子又恢復了往昔的平靜，安謐中卻有道暗流在起伏。

林堅從來沒有懷疑過朋友和他深愛的妻子，他因此也沒有留意到一些異常的事。自從周子春走後，每次他去市集，總沒有遇到子春。因為，恰巧的事是子春總會到新村，他不去市區時，雪兒卻每週一兩次地往外去。

幾個月後，周子春與雪兒的祕密戀情早已傳遍小鎮，唯有林堅一個人還蒙在鼓裡。人世間，真正是沒有永遠的祕密。星期天一早，林堅到市集買菜，順道繞去找子春，子春竟然又出門了。包租婆是一位瞎了雙眼的人，她聽出是林堅，忍不住地說：

「林先生，你要找周先生的話立即回新村，他一定已到了新村。」

「冬嬸，妳怎麼會知道？」

「唉！全市都知道。再說別人以為我瞎了，你太太每次來我都知道呢！」

「我太太？」林堅不能置信地加重語氣問。

「是啊！林太太是經常來找周先生，他們也一起出去。做老師的人也沒有道德廉恥！你還不信？趕快回新村就明白了。」

林堅將信將疑，走到街上也不買菜了，趕上一班三輪小客車，到新村路口後下車再踏上泥濘土路，行了半小時終於到達校門外。推開輕掩的木柵，一陣男女合唱情歌飄入耳中。

怒火烘烘地從四面八方朝林堅燒來，他一身滾熱，快步走進後園，映現的是周子春和他的太太雪兒，兩人手牽手依偎在牆邊。他怒不可遏地衝前向雪兒狠狠地刮了她一個耳光。

合唱的兩人臉如死灰，手足無措地面對眼前完全失去理智的人。剎那間，空氣凝結，雪兒久久才「哇」的哭喊出聲。周子春一言不發地取出手巾，當著林堅的面柔情萬縷地為雪兒拭擦眼淚。這個動作又激起了林堅的狂怒，他匆匆奔跑進睡房，出來時手上高舉一枝美式卡賓長槍（戰爭期間農村成立民防自衛組織，家家戶戶均配備武器以抗越共），槍口對準周子春，雙眼瞪視，手指扣著扳機。

「堅哥，我對不起你，要殺就殺我吧！」雪兒沒想到一向溫文的丈夫，發怒時竟會像一頭凶狠的猛獸，她給這幕突變嚇得臉無血色，人卻直直地擋在周子春身前。

「不關她的事，你開槍吧！」周子春原已白色的臉孔看來更加蒼白了，他掛著一份淒然的淺笑，輕輕推開雪兒，眼睛痴痴地望著她，完全無視於死神已降臨。

「雪兒，妳過來，妳過來我就不開槍。」林堅的心在痛苦地抽搐，一個是深愛的太太，一個是好友，這兩個人卻毫不念情誼，沒有憐惜他會受到的是何種淒愴無告的傷害。雪兒搖搖頭，她沒有勇氣舉步，人像被釘死在地上般，只是流著淚搖著頭。周子春再拿起手巾伸向雪兒的臉頰。

怒火驟然熾熱地上升，林堅終於扣上扳機。

「砰！」的槍聲淒厲響起，周子春倒下去，雪兒伏在他的身上號啕大哭。林堅上前憤怒地拉起雪兒，拖拖拉拉，吵吵鬧鬧。回到西貢後林堅改變了要和她離婚的主意，他在創傷後雖然親手殺了情敵，但深埋在心底的仇恨卻沒法消弭。他決心對雪兒報復，這麼多年來，他身邊的女人一個又一個，雪兒為了當年的不當行為而內疚，她一生就為此付出沉重的代價……

周子春果然沒有死，奇蹟地在二十多年後，竟然現身墨爾本！一個偶然的日子，在墨爾本東區購物中心，他意外地發現了雪兒。令雪兒特別感動的是周子春仍然獨身未婚，雪兒死去的心竟又一次蕩起漣漪，每天早出晚歸，又一次陷進深淵裡掙扎。

林堅以為雪兒完全不知，他匆匆將花環和卡片扔進垃圾桶裡，一顆心卻無論如何也靜不下。

座落在雅拉河邊的畔溪酒樓，賓客如雲，林堅伉儷的銀婚盛宴如期舉行。在悠揚悅耳的鋼琴演奏下，林堅牽著雪兒接受來賓的祝福，曉風更是興高采烈地陪著父母逐席去敬酒。

「雪兒，我敬妳一杯！」一位蓄著山羊鬍的中年客人手持香檳對女主人說。雪兒含笑地和他對飲，林堅瞄一眼，頭腦裡無論如何都想不起這位客人是誰。走過幾步後，林堅忍不住悄悄問太太：

「那位客人是誰？」

「周子春。」噹啷一聲，林堅失手把香檳杯跌碎了，頓時引來許多眼光對他注視。他木然地再望向那位山羊鬍的客人，沒想到周子春惡作劇地向他舉杯，林堅的心狂速跳動，他拉過太太悄聲再問：

「妳怎知他是周子春？」

「我們已經見過面，你多看幾眼便會認出是他。」

「奇怪，為什麼當年他會不死？」

雪兒沒答，平靜地又去和客人們聊天。林堅忐忑著，焦急地盼望宴會早點結束。人越急，時間似乎過得越慢，後幾道端上桌的菜他已食不知味。終於在切過蛋糕後一片祝福聲裡，賓客始魚貫離去，林堅額上泌著汗珠，神魂遊離似地慌張著，最後一位客人終於來到他面前說：

「我沒死去，你一定很失望。這二十多年來，我到處找你，不，應該說是找雪兒。老天爺真會開玩笑，我今晚竟會是你銀婚酒會的客人！哈，哈哈……」

「你，你想怎樣？」

「本來想殺死你，為雪兒這二十餘年來所受的苦難報仇。可是，這樣又怎能補償雪兒的痛苦。你殺我，我欠你的已經還清啦！」周子春一邊說一邊行到門口處才停下來，再開口：「雪兒所受的報復已經太多了，你收手吧！林堅。」

「什麼意思？」林堅一手推開兒子曉風，人擋在曉風身前，他怕唯一的骨肉會受到傷害。

「我要帶雪兒走。」雪兒一句話也沒出聲，咬著下唇，舉步向前行去。

「雪兒，回來。我求求妳。」林堅搖搖欲墜無力地呼叫著太太。

周子春展現一個淺淺的笑容，熱切而歡樂地瞧著婀娜的雪兒。

「媽咪，媽咪，你回來啊！」曉風衝出去，想抓住母親，林堅一把拉緊兒子。

「雪兒，快來，我們走吧！」周子春的聲音失去先前的平靜。

雪兒的眼淚又沿著臉頰流下來，一隻腳跨前一步就到了門外，門外是一個全新的天地在等她；

門內是兒子和一個冷酷的丈夫，一個從今天起洗心革面會對她好的人。她的淚流著，瞧瞧丈夫和兒子，又望望門外等待她二十餘年的男人。她不要選擇，她怕這個選擇。可是，命運卻開她的大玩笑，在外人祝福聲裡，在銀婚盛典的日子，她竟要面對如此困難的抉擇。她的腳舉起又放下，人如木雞般站在門正中，地球似乎停止了旋轉，六隻眼睛熱切地期待，她的腳舉起又放下……

二〇二一年十一月八日季春，於墨爾本無相齋

陷阱

已經六年之久，最近始猛然驚覺，我已不能自拔地陷進了拍拉圖式的愛情深淵裡。

中年人居然讓浪漫情懷侵襲，是難使我身邊那班滿腦子肉欲的朋友們信服，他們的理念是拚命賺錢，再用錢購買千嬌百媚的女人。男人征服女人的最後地方，是一張又大又舒適的席夢思床，其他都是不切實在的。

我遇到的卻是錢也無能為力的那種所謂愛情，對象是位高貴的有夫之婦，我不但是有婦之夫，還是三個兒女的父親。這件緋聞一旦公開將立即被看成醜聞，既影響我的社會地位和道德形象，而她當然也會身敗名裂，這些後果我早已冷靜地思考過。因此，風暴來臨時我才能冷靜應付，讓我沒想到的是，如綿羊般溫柔的妻子，竟然在反擊時潑辣如獅虎。

那次和太太一起參加時裝表演晚會，各國晚禮服依次在臺上展風姿，那位穿著旗袍的女士出場時，烏亮亮的眼睛全場掃描後，竟停在我臉前嫣然露齒。旋轉前行，微步凌波，燈光下儀態萬千，婀娜嫵媚，每次都拋來個微笑。我猶若被電殛，整夜神思恍惚，腦裡全是她誘人的形象。從節目表上我迅速查到她的姓名，悄悄跑到後臺，主動表達了我心中被她震撼的感受。

她淡淡淺笑，禮貌地收下我的名片說：「龍先生，您鼎鼎大名久仰了，很佩服您熱心公益。」「妳比明星、歌星更漂亮，認識妳真榮幸呢！」客套話講後，她匆匆告辭步入化妝室，我凝視她的背影，完全被她動人的姿影吸引。

回家途中太太興奮地滔滔評論，我卻沉默地把心思放在她身上。

我的社交生活繁忙，以前能不去的應酬我都謝絕，認識她後，幾乎所有宴會我都爭取出席。能夠和她握手，望她一眼，到處捕捉她的身影，對我來說便是一種快樂。然後認識她的丈夫，我的羨慕和妒意濃濃交織，我深深埋藏著那份對她的綺念。

我拚命工作，希望忙碌疲憊能減輕心靈深處對她的思念。要命的是，我們偶然在一個社團的雞尾酒會，被安排為男女司儀，合作愉快並拍照留念。我居然會獨自呢喃，發夢囈，偶然無意洩露些蛛絲馬跡，對身邊人有份愧疚。

辦公室的洋同事們，桌上均擺放著和太太的儷影，我突發奇想地將那張和她並肩照片也放在檯上，她展現的笑姿從此每天都對著我，洋同事們都讚美我有位如此美麗的「太太」。我本來是位無神論者，卻因為她而開始祈禱。

有一次在電話中我膽大地洩露對她的傾慕，她的回應是一串銀鈴般的笑聲，她說：「我再也不信這些荒唐事，為我瘋的人跪著求我的人都有，龍先生，以你的社會地位你竟敢對我講這番話，我太高興了。我相信你的真誠，我已被感情傷害了很深，實在害怕。」

「我絕不會令妳受到傷害的。」我堅定地說。

我忽視了妻子，冷落了她，擁她時卻想著另一位使我神魂顛倒的女人。我以為她不知道，近來她常常遲歸，那晚，冷冷地對我說：「你只要坦白告訴我，她是誰，我如果真的比不上她，我會成全你們，我無法容忍你人在我身邊，心卻飛到另一位女人處。」

「我不明白妳講什麼。」我吃驚地看著太太，她那份冷靜從容彷彿是在討論別人夫妻的矛盾。」

「你不是婆媽的人，敢做敢當，你像老林、老王那樣逢場作戲我絕不在乎，我在乎的是你的感情。假如你還珍惜我們十二年的婚姻，就告訴我：她是誰？」太太站到我面前，語氣透著尖銳，往昔的溫柔全消失了。

「我們什麼事情也沒有發生過，你究竟在發什麼神經？」

「發神經的是你，你日記中形容她像仙女，日夜思念著，何必那麼淒涼呢？」

「妳居然偷看我的日記！」我伸手搶回她揚起的日記簿。

「我被迫這樣做，早已複印了一份。你不講出她是誰，證明她在你心底比我重，我只好找律師。」

我頹然地倒在沙發上，心裡徬徨無計。她是無辜者，是我主動將她扯進來，我絕不能告訴任何人。況且，也親口應允過不會令她受到傷害。但堅持不講，太太不罷休，這個後果很嚴重。

整個離婚事件在我措手不及的襲擊下，全由我太太採取了主動。假如我不肯簽字，到法院開庭時萬一要供出她時，這個「醜聞」可不易收拾，對我的婚姻也絕難挽救，我終於痛苦地在庭外簽了名，一半財產和子女全歸太太。

我結束了全部企業，決心離開傷心地，最後一次回家探望子女時，迎門的竟然是我公司裡的公關主任周智，他訕笑地說：「龍經理，你不介意我代看管你的兒女吧？」

「原來是你，什麼時候開始的？」一股怒火驟升，我握著拳，後來冷靜地縮回手，機票已在公事袋裡，節外生枝於事無補，我已落入了陷阱。

「三年了，我們各得其所，你和她去歐洲度蜜月嗎？」他心安理得地掛著淺笑。

「是我，我們明天就走。」我怎能對他示弱呢？離家後，我迷茫地去到她門外，等了半天，失望地獨個兒趕去機場。

她要我學祈禱，也會為我祈禱。我的禱詞是請上帝憐憫，她終有一天會到歐洲探望我……

二〇二一年十一月十日季春，於墨爾本無相齋

夢魘

白志和林小玲兩夫妻是我高中時的同學，白志後來當兵，我從商，故比較少聯繫。但每年春節或校友聯歡，總會再相見。有時白志由前線返西貢度假，也會出其不意地蒞臨我的小樓，他人到聲到，響亮的語音洋溢著一份熾熱的情誼，人長得高大，彪形雄偉再配上嘹亮的笑聲，那豪氣總令人難以忘卻。

林小玲是校花，白衣黑裙，兩條烏溜溜的辮子，時而在前，時而掛後，配搭著她走路的搖擺步姿，老遠映進眼瞳就知道是美人姍姍而來。她那對晶瑩的大眼睛，望著人，似笑非笑，說起話來嬌滴滴、甜蜜蜜，定力稍差的男同學會在她面前手足無措。她的美是清麗淡雅，像首詩，有濃濃的古典氣質。

白志下決心追求她，整整十年才贏得芳心歸屬，用「郎才女貌」形容這對新人是最貼切的了。我不但參加了婚禮，且為他們駕駛迎親花車，見證了這兩位同學踏上人生的新階段。從來沒有一場婚禮那麼讓我深受感動，展現在她婚紗內的臉蛋盈滿了幸福的憧憬，而白志快樂的爽朗笑聲，彷彿伸延到了今天，仍那麼有力地感染著我。

到了澳洲後，悠悠十載，雪梨和墨爾本相距千里，我們竟然沒有再重逢。每年一張聖誕卡外，彼此都忙著工作，誰也沒有急著去設法相會。四年前，我們忽然中斷了聯繫，白志和小玲驟然消失在所有和我保持交往的朋友群裡。從歐洲、美國、加拿大到澳洲，同學們都互相查詢白志與小玲的消息，大家共同關心的校友，竟一下子忽然失蹤了。

因為我人在澳洲，其餘地區的同學們自然不忘向我打聽，白志失蹤的事件竟困擾著我。經多方追查，終於又給我獲得了他的地址。

我即時動筆，寫後將信寄去，本以為三五天後會收到覆函，到時再複印三四份寄給歐美的同學們，也完成了我的責任。沒想到，我的去信竟無回音，不死心再寫再寄，依然是如石沉大海。半年裡我寄了連自己也算不清的信函，心中已經不再存任何希望。因為執著，只要白志不死，他絕沒理由忍心拋棄一位情同手足的老同學。

那天，回函忽然意外投至，說他工傷已經殘廢，每日頌經拜佛。我愕然地將來信再三捧讀，信末留下電話，便急不及待地抓起話筒撥號碼。耳中傳來一個陌生女士的聲音，怎樣也無法和小玲那口甜蜜蜜、嬌滴滴的銀鈴聲音聯想。但居然是她！當小玲知道是我後，那口苦澀的說話已泣不成聲，然後留下一團迷惑給我便掛上電話。

往後的日子，我繼續寫信，寫大量安慰的信，也繼續忍受沒有覆函的困擾與寂寞，一直想去雪梨走一趟，但竟身不由己，無法成行。

今年二月，意外地要到雪梨市開會，把握了這個難得的日子，我終於和白志夫妻重逢了。

在他不久前才遷入的平房，白志胖嘟嘟的挺著個啤酒肚迎接我，哈哈大笑的聲浪裡我們緊緊握著雙手。我大吃一驚地對他左看右望，眼前這個大胖子除了五官和聲音沒改變外，其他已不再有當年白志的英俊身形。以為他必定是骨瘦如柴，至少也該像有點病態的枯槁形象啊。

林小玲的兩條美麗辮子已經消失，臉色青黃，微笑間似有抹不掉的濃濃哀愁。當年校花，已給無情歲月及不足為外人道的遭遇，折磨到七零八落。她比我想像中更蒼老，不施脂粉，沒有妝扮，體態消瘦，那雙會說話的眼睛已黯然失色，容顏裡仍掩不住令人心酸的淒苦。

啤酒和花生米擺到客廳的小桌上，在淡淡燈影中，我再也忍不住地把埋在心底的疑問潑出來：

「白志，你搞什麼鬼？」

「那段日子我很消沉，生不如死的時刻，我連家人至親也斷絕往來。唉！你的信，我真不想看呢！又怎麼會去覆函，你要我說些什麼？」

「究竟怎樣發生的？現在情況呢？」

「兩手的肌肉突發地痠痛，背部也受影響。我多麼想和別人一樣，工作、生活、擁有美滿的家庭。為何上天殘忍地要選上我？我不甘心，我也不是廢物，不能忍受的是讓小玲一人去挑起這個家的生活重擔。老黃，你不瞭解，當夫不成夫、父又不是父的那情況出現，我真的想去死。不能盡到丈夫的責任，不能讓子女過更好的生活，我成了如假包換的殘障之人，縱然現在，盡力去幫小玲，在不該痛的時刻，疼痛又發作了。」

小玲低下頭，雙眼盈滿淚水，悄悄站起走出客廳。我喝了一口啤酒，望著有點激動的白志說：

「小玲怪你沒有盡到丈夫的責任嗎？你搖頭，證明她沒有怪你。患難夫妻，愛情存在的話她絕不會嫌棄你。夫妻相扶持，有什麼理由規定是丈夫扶持太太呢？你工傷是意外，沒有人想如此的啊！至於生活，縱然不工作，在這個福利社會也衣食無憂，什麼定義來評價更好的生活？」

「我為了買不起一套大英百科全書而內疚。」

「你錯了，我四個兒女求學成績優良，我家裡沒有你講的那套全書，只是用一套價值三百多元的其他百科全書。你患上虛榮心，想擺在客廳裡裝飾嗎？量力而為，好父親不是單純用金錢評價的啊！」

白志低首沉思，然後又笑著說：「我已經戒煙了。」

「我也是，你曾經提及參佛坐禪？」

「整整半年，渾忘天地。但天堂畢竟在現世，而我沒有一樣如人。你很快樂，名成利就，妻賢子孝，為什麼也會去看佛經？」

「什麼名成利就？全是雲煙！白志，我也有工傷，右手肌肉痛症和你相同，只是沒你那麼嚴重罷了。無意中去看點粗淺的經文，卻也收益不少。有求必苦，無求乃樂。我很快樂，因為我無求。也不要和人比，你很灑脫，但心事重重，有點難以理解。」

「你除了老黃賣瓜外，到雪梨是要售賣你的快樂和哲學嗎？」

「不是，想解開纏在你心底的結。啤酒完了，昨夜整晚不眠，已經三更啦，我該睡了。」

小玲在廚房仍不停手地縫衣，我這個不速客害她難以成眠，道過晚安倒頭便睡。怪夢糾纏，醒後心內忐忑不安。用過早餐，本來我要自己趕去中央火車站，白志堅持駕車送我。別過小玲，車子開上公路後，白志主動開口：

「你昨晚說要開解我的心結？你的話有什麼意思？」

「小玲不快樂，她受盡委屈，這一切必定因你而起，你究竟做了什麼事？昨晚她在客廳我不敢問。」

「她迫我去申請賠償，我不肯，我不願意，吵架相罵就無日無之。」

「受傷要求賠償，合理啊！小玲沒錯。」

「如果沒有受傷呢？我本來可以過一個正常人的生活。我好好的有手有腳，卻要被愚弄，被陷害，弄到求生不能，求死無門。為什麼？為什麼要是我？」白志激憤得把聲浪提高。

我吃驚地看著他，沒想到他會講出這些難以理解的話。心中存疑，決定要問個清楚：

「你去看醫師，是否已開始痛？」

「是啊！」

「那麼證明是工傷啦，怎會有人害你？」

「我沒有充足證據，現在已放棄，寧願去相信是我心中有鬼，不再追查。因為我太愛她，為什麼她要害我？」

「她？她是誰？」我沒法知道，心底有點怕。

「當然是小玲。有誰能知道我的生活愛惡？起居、飲食一切細節。你懂不懂藥物禁忌？我的雙手肌肉、背部諸般苦楚，就是因此而引起。她和醫師串通，迫使我淪入地獄。當我無法忍受痛苦折磨時，我曾經想殺死她然後自盡，這個家差點便如此毀滅了。」

「不可能，她為何要這樣做？醫師又沒有瘋，怎會同意和她合作？迫你殘廢對她有什麼好處？」

白志望著我平靜地說：「她曾經說過，不要讓丈夫發達才可保住他。她深怕我成功，怕我遺棄她。她心高氣傲，我雙手有小毛病，對她是一個機會。她在湯水裡下藥，在我的咖啡裡下藥，我都知道。」

「一定是你不肯吃藥，那些必然是止痛藥。你不能說服我，去相信你的胡思亂想。除非她有了外遇，或者是你變了心。她不施脂粉也不妝扮，行蹤你都能掌握，不可能移情，對不對？那麼，你坦白說，是否有別的女人？而且給小玲發現啦？」

「沒有。」

「那麼，你怎麼會將自己工傷而懷疑起太太呢？要害你，必定是要對她有利啊！這種推理，沒有一點可以成立。」

「你不會明白的了……」他大吼，發自內心的怒火又在燃燒。

「旁觀者清，你鑽牛角尖，我關心你，也關心小玲，這次談話完全出我意料。白志，你心魔重重，小玲是受害者，你才是主謀，幸好你沒有瘋下去。」我很生氣，也沒來由地大聲反吼他，也管不了兩旁馳過的汽車乘客，向我們投來異樣的眼光。

「唉！總之女人掌握了經濟後，做丈夫的地位已一無是處，我寧可相信自己胡鬧。」

「你完全是大男人主義心理在作祟。你的疑心症比之雙手殘疾更可怕。很難想像小玲這些年是如何受苦受難！白志，當有一天完全證明是你冤枉她，你的內疚、你的良心如何能安？」

車子到了火車站，白志苦笑著說：

「謝謝你對我的關心，剛才那番話算是過去了。我做了一場恐怖的夢，我太愛小玲，夢醒了，我會補償，會重新做一個好丈夫。」

「我也發了一場夢，離奇古怪，如今醒來什麼也忘掉了。下次再到雪梨，希望你們快快樂樂，幸福如意。」

我們緊緊握手，互道珍重。目送白志的汽車轉彎，雪梨繁華的街道，才驟然映入我的眼裡。一陣風吹過，微微寒意襲至。此時，一隊迎親的汽車慢慢駛進車站，盛裝的新郎與新娘展露著甜甜的笑意，幸福盈溢臉上。彷彿中時光倒退，林小玲和白志雙雙舉杯向賓客敬酒，一對稱羡人間的伴侶，卻一步步走入未知的災劫裡。

歸途中，白志夫婦所遭遇的噩夢苦苦地纏繞著我……

二〇二二年四月十八日復活節，於墨爾本

換妻記

宇文德自己也不知道他祖先的姓氏原來是複姓宇文，朋友們以及太太稱呼他文德時，他竟覺得是理所當然之事。反正他對中文也認識得不多，中國歷史更加茫無所知。源自朝鮮族的這個複姓傳到他變成了單姓，也就順理成章了。

已經結婚七年，膝下猶虛，二人世界的生活從恩恩愛愛開始，輪到今天的冷冷淡淡，夫妻關係如履薄冰，一不小心就會掉進海裡。令他苦惱難解的是，枕邊人這兩年來對他的需索毫無反應，冰冰冷冷恍若擁著雪條進行一種例行公事。太太蘇珊熱衷工作，往往把公司還沒做完的文件帶回家打字，除了上班還有家務，生活的壓力再加上丈夫死死板板千篇一律的方式，使得燃起半途的烈火冷卻，失去刺激及新鮮感後，靈魂的花朵從此枯萎。

宇文德每日面對電腦，除了運指如飛的動作外，眼睛的焦點也全放在螢光幕上，八個小時之後，腦裡，揮之不去的還是數目、線條以及毫無意義的符號。回家後，太太猶如機器人似地做著本份內的工作。夫妻間的共同語言越來越少，看電視扭大聲浪，讓劇中人的對白衝破一室內的寂靜。上床下床，匆匆忙忙，趕趕趕，日子就這樣平平淡淡一天天重疊著過去。

喝茶時間，宇文德打開《太陽報》，在內頁地方新聞版上讀到一則引起他興趣的消息。在墨爾本近郊菲士雷地區，新開了一家裸體俱樂部，會員進到俱樂部一律要回復天體本色。當地衛道之士及教會人士大力抨擊，主人在記者招待會上聲明是絕無色情玩意，而是健康的會社，完全和在幾百公里外的「換妻同樂會」性質絕不相似。宇文德再回到電腦機前，腦內呈現的竟是幾百個男男女女一絲不掛地在跳舞，他和太太也混在那堆原始人裡狂歡，笑意就那麼自然地掛在五官上。晚飯後，蘇珊先開口：

「阿德，你今天看來很高興？」

「今天看到一家裸體俱樂部開張的消息，很難想像那些人統統不穿衣服在一起，想起就很過癮。」

「大驚小怪，海灘不是也有天體會的人嗎？」

「海灘和城市內的這家會所是不同呀！」

「也沒什麼兩樣，反正喜歡裸體的人，在什麼地方脫下衣服都一樣。」

「妳敢嗎？」宇文德望著太太那身玲瓏的曲線說。

「神經病，你自己有勇氣就去試試吧！」蘇珊搖擺著婀娜的身體行到書桌前，拉開椅子，又開始了她的工作。把裸體的話題扔下，把溫熱沸騰的空想拋走，留下宇文德一個人咀嚼聯想而引起的興奮。由於這點沒來由的興奮仍在蕩漾而竟被蘇珊冷落，積壓在內心深處的一縷連他也不知道的恨意霎時如山洪崩瀉。早上那則新聞提及幾百里外的同樂社閃入腦裡，此時從腦電波反映而出，他壓抑著要擊碎雪條的報復心態。踱著方步不著痕跡地行到太太身後，輕輕地按著太太的雙肩，用乞憐似的口氣說：

「蘇珊，星期六我們去旅行，好嗎？」

蘇珊停下手，撥開肩上的雙掌，頭也不回地問：「去哪個地方？」

「南澳半途的甘貝爾港（Port Campbell）附近的度假村，過一夜，星期天晚上回來好嗎？」

蘇珊想了想，確實也該出去鬆弛神經，也就答應了。

翌日，宇文德致電度假村訂了房，同樂社的接線生告訴他：必定要夫婦同時參加才會被接待，並問了他夫妻的年齡，以便安排在距離相近的同齡組裡。放下話筒，宇文德心底湧起一陣難言的快慰，即將到來的刺激在血液裡預先奔騰，使得那份快感一直留在心裡，竟不自覺而形之於外的，是那抹微微開展的笑意。

週六在他急切期盼中姍姍而至，秋末的陽光媚人，溫熱慷慨地照射。宇文德把頭髮梳好再抹上亮亮的髮蠟，噴灑些古龍水，鬍鬚刮到乾乾淨淨。早過了而立之年，但外貌卻猶如二十七八的人，左頰在淺笑時出現的酒渦，使得本已英俊的臉龐增加一份親切感。蘇珊在鏡中望到丈夫的身影，這個對著七年的男人，無異的是很吸引女性，他不應該是個死板板的機器人，早年追求她時的種種趣味怎麼會消失了呢？她把睡袍脫下，一身窈窕的曲線依然保持，豐滿的體態，天天包裹在衣裙裡，卻也跟著稱身的裁剪呈露。已過三十的女人，除了眉梢處淡淡地現出紋線外，她綽約的風姿在社交場合往往成為眾目的焦點。兩夫妻給人的印象是很配對的恩愛伴侶。已經兩年了，這種風浪不揚無味的呆板生活，若不是為了外表形象，以及人們眼中的評價，蘇珊對於婚姻生活竟有說不出的討厭。旖旎的夢在他爬上來做著公事時，她冷到把夢趕走，只想快快穿好衣服睡個好覺，激情已死，高潮不湧。她一直忍受著這種無奈的生活，天長地久、此生不渝的憧憬早已消逝。

黑裙配上黑絲襪，再披上黑皮褸，襯衣淺黃色，是去年慶生會時丈夫送的，映在鏡裡的素色衣服照出很高貴的美婦外貌，她滿意地走出門，丈夫早已在汽車內等她了。

到華埠龍舫皇宮酒樓飲用午茶後，再驅車馳往墨爾本約百公里外的智郎市，然後駛入了著名景點大洋公路，這條國道沿海岸線建造，一邊是懸崖峭壁，另一邊就是海浪洶湧望之無涯的藍藍大海洋。公路左右迴旋，彎度極大，海風浪濤日夜鳴奏，車過處拂進來的空氣清鮮沁涼。黃昏前到了甘貝爾港，聞名遐邇的天然石橋不久前在巨浪衝擊下崩塌，海岸只餘下十二門徒風化奇石供人欣賞。蘇珊踏上鬆散的沙石，寒意迎面襲至，臨海的氣溫較冷，她匆匆又躲入車內，宇文德一直沒下車，微笑地說：「怎麼，太冷嗎？」

蘇珊沒答腔拿出一根煙燃上後才說：「沒想到那麼冷，走吧！」

汽車掉頭往回開，傍晚時分終於到了度假村。高高低低的房屋全建在面海的土坡上，同樂會就在旅館內，在接待處報到後，他們被帶到一個舞場所在，自助餐已準備好，幾十對男男女女有說有笑地手持紙碟已在排隊領取餐點。宇文德注意觀望，竟沒有其他亞裔人士，便放心地加入隊伍。大家斯斯文文，女士們花枝招展，燕瘦環肥，在宇文德眼前遊走，他在那些乳波晃動中壓抑著一種欲望，垂著眼皮正經八百地陪伴著太太。蘇珊一點也不知道，眼前這位死板的丈夫，居然瘋狂地安排了如此荒唐的節目。她大方地和迎面的男女們招呼。用完自助餐，音樂響起，原先冷落的舞池儷影雙雙。宇文德看到身邊的女士對他微笑，出於禮貌他主動邀請對方共舞，一曲又一曲地跳著各種不同的舞。香檳和啤酒不停供應，由於溫熱高漲和酒精發揮了作用，斯斯文文的這群君子和淑女，隨著越來越愉快的興致，男士們紛紛將領帶和外套脫掉，淑女漸漸忘了端莊的儀態，放浪的氣氛越來越濃。

蘇珊很盡情地叫著跳著，不勝酒力的腳步踉踉蹌蹌。直到深宵音樂才停止，女侍應出來請幾十位女士們上樓，並告知半小時後睡房的燈光將會全熄滅。蘇珊奇怪地問：「為什麼？」卻沒想到引來一陣大笑，侍應答她：「怕難為情嘛！」

編著雙數與單數號碼的兩邊房門全打開著，女士一進房侍應即將門關起，沒門匙從外邊就不能進去了。蘇珊走到門邊忽然想起一個問題，她悄悄地問女侍應：「我丈夫怎麼知道我在這一間房？」

女侍應望著她，淺笑著反問：「夫人是第一次來的嗎？」

蘇珊點點頭，忽然又想起丈夫預先已訂了房，也就不再問便走進房間去了。更衣沐浴時，想不通男士們還人手一杯酒地集合在舞廳幹什麼。

樓下，主持人召集這班沾滿濃濃酒味的男士們，隆重宣布餘興節目正式開始。各人在盛滿門匙的一個盤上，自己抽取一條有房號的鑰匙，對號入房。這個遊戲是在黑暗中與沉默裡進行。在嘻嘻哈哈的笑鬧聲中大家伸手取鑰匙，宇文德對七號向來有著偏愛，一手便抽出來，心中想著：不知哪個倒楣鬼要抱著雪條過夜，而明天的風暴也許就要和太太分手！才不管了呢，今晚先享受一份冬眠已久的刺激吧！

互道晚安後，這班外表如正人君子的丈夫們毫不知恥地拎著門匙上樓，大家都在憧憬欣賞別人老婆的美色，統統忘記了自己的太太，今夜也就將是別位男士的枕邊人。宇文德興奮地對著七號門牌，把門匙插進去時，心裡祈望著床上的美人兒就是他最後一位舞伴。那個洋女人渾身洋溢著一份野氣，一邊跳舞一邊熱情地摟緊著他，在他耳際悄悄地呢喃著風情與挑逗，她那種急不及待的騷勁引起了他丹田熱熱的欲念。門被推開了，房內黝黝黯黯，再把門關好，連走廊上那絲微光也給擋住。真正到了一個黑暗的世界，他彷彿明瞭了，唯有在黑暗中，文明人的假面具才可以赤裸裸地除下，一如他把衣服一件件脫去似的，由於沒光線，羞恥感也就蕩然無存。

他脫掉衣服時忍著笑，想著此時的蘇珊在黑暗中正接受一個陌生者擁抱，一份報復的快感融合在自己新鮮的刺激裡。一個偶然的思維加上衝動，以及深心裡埋藏的怨恨結合起來，使得他瘋狂地參加了這種比之裸體俱樂部，更令人吃驚的世紀末遊戲。

洋女人並非雪條，應該改變一貫死板板的方法，宇文德上床後，就運用一切技巧去表演自己的成熟。而黑暗中的女人果然不像雪條，在他狂吻的進攻下，開始了呻吟，一切居然是那麼美妙、新鮮、刺激、興奮，他像一位騎士，為了某種光榮的目標，奮勇馳騁前進外，再不能停止。然後，良駒脫力，男女均在滿足的溫柔裡尋夢去。

蘇珊醒來時，陽光早已照進房中，她轉過身體，柔情萬縷地去吻仍然熟睡的丈夫，死板板的男人居然一反常態，雪條從此融化了。她心裡甜甜蜜蜜，丈夫知道她喜歡七號，連訂房間也沒忘記她對數字的喜好。宇文德睜開眼睛，忽然發現太太赤裸裸地伏在他身上，驚愕萬分地隨口而出：「是妳？」

「你以為是誰？」

「沒有，我做了一個夢。」他慌張地回答。

「阿德，謝謝你，太棒了，改天我們再來這裡度假好嗎？」

「換別的地方，來一次已夠了。」他望著太太，很漂亮的一張臉蛋，心底湧起一份不為人知的慚愧，幸好他挑選了連自己也喜歡的七號。他情不自禁，一翻身就把蘇珊緊緊地摟抱，融化了的雪條溫溫熱熱地將他的唇淹閉了。

二〇二一年七月四日仲冬，於墨爾本無相齋

東方人

經濟衰退的衝擊下，維州墨爾本東南區一家剎車系統及離合器工廠（Repco），解僱了四百五十位員工，第一車間的品質測量工具庫四位職員，如今只剩下馬利主任。

我從第二車間的資源中心被調去工具庫，馬利瞪著那雙湛藍的眼睛對我做全身掃描，彷彿是面對外星人似地驚奇。這麼不禮貌的洋人就要成為我的上司，心裡沒來由地冒起一股怒氣，反瞪著他。胖嘟嘟地挺著個啤酒肚，三十來歲的青年，把不可一世的神色統統溢瀉在五官上。他勉強地伸出手，我則惡作劇地向他雙手抱拳為禮，完全是武俠小說方式的見面作風。他裝著笑縮回肉掌，開口時像喃喃自語：

「勞倫斯（Lawrence），勞倫斯！你原來是個東方人，為什麼又會叫做勞倫斯呢？」

「東方人叫勞倫斯有什麼不對嗎？」

「沒有，沒什麼，不過他們告訴我派一位能幹的勞倫斯來，我完全沒想到會是東方人。」

「要是你不高興，我可以回到資源中心，那邊也忙不過來呢！」我心裡的氣已經漲滿，真想反身而去。

「勞倫斯，我沒那種意思，只是擔心你的英文，原來你都會聽會講。OK，歡迎你！」他又伸出手，我裝作沒看到，只管展開臉上肌肉。對這種人，皮笑肉不笑的也頂管用。

「這個工具庫收藏超過十萬件各類大小不一的測量品質的用具，全廠的技師、工程師、品質中心都會來這裡借用和退還。以前是四人分工，現在只有我們兩人，工作忙，但千萬不能出錯。假如你把測量器放錯到另一個地方，也許就永遠也找不到了。」馬利滔滔不絕，用那口道地難聽的澳洲腔，像在顯示心底自以為是的優越感。

一排排高到天花板的鐵櫃，比中藥店放藥的千百個小抽屜多上好幾倍，走進迷魂陣似的，抽屜外都編了號碼。那些千奇百怪見所未見的測量品質工具，從針那麼細微到重達十公斤的整塊黑鐵，全像凍屍般停放在大小抽屜中，一點生氣也沒有。

來到工具庫的技師、主任、工程師們，對我這張新面孔倒是客客氣氣。不管他們的職位有多高，要我服務也等於有求於我。起初那幾天，也難為了他們的耐性。從電腦查出了編碼，在迷魂陣裡卻遍尋不到。胖子馬利幸災樂禍似地自己伏案抄寫，我就是不肯求他，唯有向來人道歉。後來我利用午餐時間，按照倉庫內劃了一張平面圖，哈！這方法立竿見影，電腦的檔案一出現，再快速瞄一眼繪圖，然後準確無誤地走進抽屜所在。以前大排長龍的隊伍，因為我開啟了迷陣方法而消失了。兩個星期後那張平面圖也被我扔掉，整間倉庫的位置已經存入我的腦袋的記憶檔案啦。

馬利很少開口，那對藍眼珠卻如監視機的鏡頭，冷冷冰冰地瞧著我，我對他也就視而不見。星期一是最忙的日子，不巧電腦又發生障礙，工作幾乎停頓。工程師們苦著臉，對那些最急用的人，我試著耐心地在抽屜中，為他們尋找要用的工具，幸運時也會給我尋覓到。馬利腦裡沒有存留任何檔案，他根本不相信沒有電腦的指示而能找到工具。但我以事實向他證明，只要肯做，人腦也會發揮許多作用。他不懂心算，在四則數和雙位數的加減也得靠計算機，這方面他就不能逞強。我在沒有計算機的時候依然可以用筆算和心算做好工作，這個沒見過世面的洋人未免大驚小怪。

他在電話中告訴別個部門，將派一位「東方人」去把圖表取回來。馬利不放過任何機會去向別人強調我是「東方人」，可惜附和他的其他洋同事幾乎沒有，每當我出現，都是被他們稱呼為勞倫斯。他們眼中沒有存在任何有關我外形的黑頭髮、黃皮膚的那一人種。充滿歧視狂的馬利恰恰相反，無視於我工作上的表現，獨獨由於不能容忍亞裔的到來，而深深不忿我這個「東方人」居然能成為他的同事。對他那份無聊，我以阿Q精神一笑置之。

九點半用早茶小休十五分鐘時，我捧著六百多頁厚的中譯版長篇小說《丁香與肉桂的女郎》津津有味地讀著。馬利望到封面的裸體漫畫，笑著說：「Hi，東方人！你原來喜歡看黃色小說？」

我將書合攏，指著封面外葡萄牙文的原書名Gabriela, Cravoecanela問他：「你不懂是嗎？這是巴西的大作家Jorge Amado的文學巨著，不是你腦中的污穢東西。」

「東方人你怎麼會看巴西的名著？真想不到你是看文學小說。」

「馬利，我有名字為什麼你老是要叫我東方人？」

「你本來就是東方人嘛！」

「你是什麼人？」

「澳大利亞人啊！」

「呸！你是愛爾蘭人，根據你所說的『本來』，澳洲人就只是原住民。從現在起我就叫你愛爾蘭人。喂！愛爾蘭人，你們的大作家James Joyce寫的《都柏林人》有讀過嗎？」

他迷茫地搖搖頭，然後說：「我的祖先是愛爾蘭人，我在這裡出生，我是澳洲人，你從東方來，你不是澳洲人。」

「愛爾蘭人，我十年前就已宣誓成為澳大利亞公民了，法律上我早已是澳洲人。你因為我是亞裔就不承認我是你的同胞，這是犯了歧視。」

他瞪著我，咬著唇，指指我的書說：「你和我們澳洲人根本不同，你看書冊是中文，每日吃中國菜，只能算是在澳洲生活的東方人。縱然是用澳洲護照也不能改變你是東方人啊！」

「我絕不以東方人為恥，但討厭你叫我東方人。愛爾蘭人，你就算在此出生，也改變不了你的愛爾蘭血統。只不過你祖先們比我早來，我內外孫輩也將在此地出生，一樣有東方人血統，難道也成不了澳洲人嗎？」

「這裡本來就不是你們的地方啊！」

「難道又是你們的地方？你們白人老叫喊我們不效忠澳大利亞，不投入社會，你們要先教育自己，改變自己的心胸。你完全不肯接納和包容其他族裔，然後又責怪新移民們不認同這個國家？像你，永遠看到我的外表，東方人在和你工作時，有哪一點令你不愉快？」我心中已完全忘了他是上司。

「勞倫斯，我說不過你，你是一個很特別的東方人。」

「馬利！」我伸出手，他也把肉掌遞至，我說：「你終於肯叫我的名字了，我才和你握手，知道嗎？愛爾蘭人。」

「我是澳大利亞人！」馬利鄭重地向我強調。

「我也是澳大利亞人！」我的聲音也極嚴肅。

已頗久沒聽到他在電話裡提及東方人，經過那次交談後，他漸漸地喜歡和我聊天。我也把自己海上逃亡經歷告訴他。對於從沒經過戰亂痛苦的幸運兒，在知道了我投奔自由、怒海餘生及過去苦難後，他再也不像先前那般歧視我，而是很禮貌地問：

「請告訴我，為什麼你會叫勞倫斯？」

「年輕時在教堂領洗，神父給我起的聖名，你以為我是要冒充洋人嗎？」

「挑選人時，說真的是因為你的洋名字，我才讓你來。」

「哈，誰知道卻是個東方人。你後悔嗎？」

「不，這幾天我和總經理商談了好久，要把你留下，可是沒法子。六七個單位都缺乏人手，至少有四個部門主管都在爭取你去，我不知道你離開後，這裡怎麼辦！」馬利悶悶不樂，我也沒啥好說，反正在哪一部門和誰共事都一樣。

終於被調到品質控制室當經理的助手，中午在餐廳遇到馬利，他總笑吟吟親親熱熱地迎上來和我握手，並介紹他身邊的同事：「勞倫斯，是我以前的好夥伴！道地的Aussie！」（澳大利亞人簡稱Aussie）

「不叫我Oriental Man了嗎？」（Oriental Man = 東方人）

「No! No! We are Aussie!」（不！不！我們都是澳大利亞人！）

二〇二〇年四月二日，修正於墨爾本

第三者

墨爾本城的九月，天空陰陰沉沉，初春時節，走在瑟瑟寒風裡，從火車站月臺返家的路上，錢琪低著頭，整段路寂寂寞寞。偶爾一輛汽車馳過外，再也看不到人影。他把雙手插進外套的口袋裡，羊毛圍巾繞頸打個活結垂下。剛步出火車，一身暖暖的，越近家門，冷的感覺卻漸漸從心底湧現。五六度的氣溫，在那一身裝束裡，照說沒理由會從心中有份顫抖的寒流，他迫著自己跑步，終於在昏暗的夕暉中打開大門，衝進黝黯死靜的那座平房。

他彷彿走進了金庸小說中，小龍女獨居的古墓裡，孩子們都不在。本來，廚房的火光和飯香，總會使一身的疲倦消失，但是現在廚房連半點火花也沒閃爍，一屋子清冷，什麼聲音都沒有。錢琪扭開客廳的大吊燈，讓一陣忽然的光明迎面照下，再按了電視機的遙控，報告新聞的廣播把寂靜的空氣擊破。他將圍巾除去，跌坐進厚厚的皮沙發，眼睛掃描著螢光幕，原來當天是九月十八日，多個華社團體在駐日本領館外高舉中英文的抗議布條與橫額，和無數團體名稱的木牌。啊！九一八至今已經過去好多年，國仇家恨在那些隊伍移動中一起湧上來。

小茶几上凌亂地放了幾封信，大概是兒子上學前開了信箱，其中有兩封是外國的來信，一封貼了本地郵票，另一封沒貼郵票。他好奇地打開那封沒貼郵票的，是他太太婉君的手跡。還沒讀信，錢琪就長長地歎了一口氣，一股怨氣莫名地升起，他狠狠地把還沒看完的信揉成一團，丟在地毯上。此時，那天舉手要打婉君一巴掌的那陣快意又湧上來。他冷笑一聲，再打開那封不知是誰寫的陌生信件，信抽出來，居然是粉紅色信箋，這時，錢琪被作弄得有點生氣地拿起這封橫寫的信細讀：

「錢先生，你一定無法猜到我是誰，因為我們只有一面之緣。記得去年底在寶康書局左邊的靈星門廣場，僑社在紀念孫中山先生冥誕的儀式嗎？你恰恰是站在我的身旁。後來我們交換了一些意見，你給我名片時，還說歡迎和你多聯絡。在那次相遇後，我覺得我們一見如故，本來早就想和你聯繫，但因為功課太多忙到分身乏術，故到今天才提筆給你寫信。

那天，你給我留下很深刻的印象，因為你對我這個陌生人，聊起政見時，毫無保留地侃侃而談，竟將自己立場堅定不移地陳述出來，我也因為不滿原居地的腐敗政治，才不遠千里迢迢拋家棄國來到墨爾本，這種辛酸真不足為外人道，如果記得我這個朋友，請你回函。

祝快樂！

黃妮妮上」

錢琪放下信，腦裡思索了好一回，朦朧中怎樣也無法勾畫出那張臉的五官，一位浪漫的女孩子，主動出擊，也不先查查錢琪的家庭狀況。他搖搖頭，一眼瞄到剛才被他揉成一團的那封信，就在眼前不遠處。此刻，錢琪的心情因為讀了那封粉紅色信件後，而有了些微的轉變。他離開沙發，拾起那團紙，雙手掰開那皺紙後，讀到的是：

「錢琪夫君：

我流著眼淚伏案勉強給你寫這封信，我們二十年的婚姻絕沒想到會破碎。你忍心迫我這樣做，我已經給你很多次機會，但是，你始終堅持你的生活方式，事業重於婚姻，這無疑是對我的輕視。更難使我容忍的是你的婚外情，假如沒有她，無論如何也不會輕言放棄我們已經二十年的幸福家庭，尤其在外人眼中，我們是一對恩愛夫妻。

我將女兒和老么一起帶走，老三已經長大了，留給你。我已預約了律師，一切已成定局。祝福你和她（雖然我還不知她是誰，但我相信自己的感覺，如果沒有第三者，你是不會堅持和我鬥氣的）！

婉君上」

他輕輕地放下信，要來的終於來了，逃也逃不了，避也避不掉，一場災劫竟莫名其妙地降臨到他身上。幾個月來，婉君變成了潑婦醋娘子，家成了戰場，兩個人熱戰時，碗碟、筷子、玻璃杯、酒瓶等統統變成武器。冷戰時，兩人怒目而視，或者與對方視而不見。然後在一次雙方都失控的大吵大鬧裡，錢琪動了手，婉君氣沖沖地把枕頭和衣服搬到女兒的房間，二十年夫妻的首次分居上演了。事後，婉君到處哭訴，許多朋友在愕然中匆匆趕來，大家均苦口婆心的搬出以和為貴的大道理，為這對恩愛夫妻勸和。錢琪在每一位出現的友好面前苦笑，他決心不做任何解釋。

每一次爭執後，錢琪在氣消了的翌日，往往先開口低聲下氣地認錯，因為那份老夫老妻的情依然存在，但彼此之間的摩擦並沒有減少。錢琪下班後只要稍微遲回家十餘分鐘至半小時，婉君的那份醋勁便直線上升，沖昏了頭腦，兩人小心翼翼維持著的那份和諧，又被新風暴擊碎了。

整個事件是出在公司總經理新聘的女祕書身上。這位洋女郎麗莎不但年輕貌美，還熱情洋溢，不管是哪個男士她都滿口「達令」地叫到對方甜到心底。錢琪是主任級的主管人物，雖年過四十，但外表依然俊逸，尤其在麗莎眼中，根本無法分辨出東方人的年齡。錢琪每次下班回家後，都把這麼一位尤物的妙事，原原本本向太太說起，沒想到婉君正逢更年期，口裡雖唯唯諾諾，心底竟被一股無以名狀的醋意占據。錢琪對太太的心理變化，居然連一點感覺都沒有。

風暴已經凝聚，要阻擋也力不從心了。那天總經理的生日晚會，兩夫婦盛裝笑著去參加，在舞池上共跳「查查」時，不意洋妞麗莎大方地從中插進來，向婉君說一聲「對不起」，便硬把錢琪的手一拉，相擁而舞。等音樂停頓後，回到餐席，錢琪才發現太太已經先離開了。他心裡嘀咕著掛電話回家，結果沒人接。證明婉君不是回到家裡。再打她的手機，竟然是關機。

他無心再逗留，忐忑不安地藉故先告辭，駕車到幾位老友家中串門尋找，直到深夜才回家。在家中客廳水晶吊燈的光芒中，發現婉君獨個兒依然盛裝呆坐著，有理說不清地爭吵從此拉開了序幕。

兩人吵吵停停，爭吵的次數越來越頻繁。就在兩星期前，婉君終於把條件講出，她流著淚說：

「家庭和事業，你自己選一樣吧！」

「不要逼我，求求妳。」

「我不是逼你，只是要你抉擇。」

「兩者間完全沒有衝突，為什麼妳要無理取鬧？」

「你已經越來越少回家，把全部時間都放在工作上，這樣就有更多機會在外拈花惹草、搞三搞四。我早成了錢家的花瓶，我再也不能忍受這麼一種有名無實的婚姻生活。你自己決定吧。」

「我為什麼不能兩樣都要？為什麼妳要逼著我選擇？」錢琪的怒火又燃燒了。

婉君提高聲浪，擺著勝利者的姿態挑戰地吼著：「只能一樣！要家庭你就辭職另找別家公司。要和那個鬼妹、胡混，你就走吧！」

「我沒有鬼混、胡混，妳不要逼我，我是不會放棄我的工作，隨妳怎樣都可以。」

「那麼，我們只好離婚了。」

「隨便！」錢琪生氣地大吼，「這次我絕不會再求妳了。」

當天晚上，婉君把衣服和枕頭統統搬到女兒的房間裡，先來個分居的示威，錢琪不勝其煩，也到了忍無可忍的地步。二十年的夫妻關係，至此竟到了恩盡義絕的情況，家忽然變成墳墓的感覺一再湧現。每當錢琪下班後，一想到要回去那個冰冷冷有如古墓似的家，心裡就有股比冷冬更冷的寒意襲來。此時，他真正明白了「哀莫大於心死」的意思。漸漸地，兩人反目成仇的那種氣氛，連子女也感到害怕，直到今天，婉君真的付諸行動，將女兒和老么也一起帶走。唉！錢琪忽然覺得手腳冰冷，搓揉著雙掌，呵著氣，那份冷從四方八面襲來。他扭開了暖爐，賭氣地拿起那封陌生女郎的信箋，他掛了一個電話去，甜甜蜜蜜的聲音，一份迷人的誘惑，彷彿通過電話線傳來。

錢琪恐怕自己會改變心意，主動提出立即趕去相會的要求，電話那一頭在意外中倒也沉默了好一陣子，最後還是同意了他的要求。

晚餐也沒吃，錢琪便匆匆走出家門，好像逃出了古墓似地，他完全記不起要見面的女郎是怎樣個外貌。反正，這些對他都已不重要了。

他要追尋的是一位真正存在的第三者。
畢竟，第三者終於將出現啦！

二〇二一年十月二日仲春，於墨爾本無相齋

歎息湖

農曆年底在墨爾本東南區史賓威市，由該市亞裔工商協會主辦的慶祝新年年市，每年都吸引了成千上萬的各個族裔人士。我徘徊於各式越食攤販前，讓魚露芬芳的氣味治療我濃濃的鄉愁。

在賣豬腸粉檔口面前，那位越婦放下手上的紙碟，瞪著金魚大眼定定地瞧著我，彷彿我臉上貼了金銀，或者五官變成了豬八戒。原想買點腸粉充飢，因她的無禮惹起不快，轉身起步，不意耳邊響起了一句久違的越語稱呼：「安海！」我是家中老大，越南朋友或同事均尊稱我「安海」，Anh Hai即大哥之意。

我驚訝中尋聲轉首，正是賣腸粉的越婦，她堆起笑，眉梢眼角的皺紋漾開，金魚眼射出一抹光芒，在那張笑吟吟的臉蛋前我的不快已遁走，代之而起的是不解和迷惑。

「真的是安海啊，你忘了我是誰？我是翠娥呀！」

很美的名字，但如何能從這張被無情歲月的魔手，雕刻到揉搓成一堆的蒼老顏容，去令我記起她是誰呢？看見我茫然不解的神色，她脫口說：「大叻市歎息湖邊的翠娥就是我！」

時光開著倒車從我記憶深處，奔回半世紀前，為了逃避充當美軍炮灰地去做越戰的犧牲品，我更改身分離開南越首都西貢，前往三百公里外的觀光勝地山城大叻，投靠張忠智神父開辦的一所天主教小學「聖文山書院」，濫竽充數地做起老師。

寧靜的山居讓我忘卻紅塵外的隆隆炮彈聲，大叻猶如蓬萊仙境，春香湖、皇陵、鵝芽大瀑布、軍校草坪等引人入勝的美景，幾乎都有我不少足跡。每日黃昏散步，徜徉於湖光山色懷抱中，猶似我已與山光水色合一，真是其樂融融。

學生告訴我，在離開市區約十公里處，靠近保大皇族的陵墓附近，有個歎息湖。當聽到湖的傷感名字我已被深深吸引，問明了路程方向，在那個櫻花怒放的春末假期，我獨自去到了歎息湖。比起嫵媚的春香湖，這個淒涼氣氛瀰漫的小湖讓人心情沉重。四周被松樹重重圍繞，山風拂掠，果然傳來幽怨哀絕的聲聲歎息，宛若有許多肉眼難見的魂魄在你身前傾訴，膽小的人往往豎起毛孔落荒而逃。我對荒野異聞鬼孤怪事向來不信，因此沿湖漫步，細細聆聽松濤鳥語。耳旁歎息聲時續時斷，遙遙吹拂的冷風中，卻偶然掇拾幾聲悲哭，令我頓生好奇。

大叻山城海拔幾千公尺，群巒起伏，山嵐雲霧終日游移，歎息湖藏在群峰中一處平原，白雲隨手可抓，有時貼面冰涼。我追蹤著若有似無的哭聲，在雲塊飄移中忽然一陣清風吹過，眼前一亮，有位穿著越南傳統「奧黛」長衫的少女，白衣如雪地站在湖畔。婀娜身姿散發出女性天然的美感，我猶若被磁鐵吸引的一枚小釘子，腳步不由自主地竟向著她趨前，好像到歎息湖就被預設著要遇見她。

許是我粗重的腳步，或者是松針被踏碎前的吱嘎聲，白衫少女回眸，那雙精靈光芒的金魚眼溢著淚珠。我的心頓時如滾水沸騰著，忐忑不安地跳動，望向她那張哀慟淒絕的容顏，真想不顧一切地上前為她拭去眼頰的淚痕，我卻矛盾地不敢造次。趨近時點點頭，掏出手巾無言地遞過去，她搖搖首沒有伸手接，就讓那方手巾尷尬地停在空中招展。

「小姐，我可以為妳做些什麼嗎？」我的口齒忽然笨拙，語音含糊地打破沉默。沒想到她「哇」的一聲讓山洪傾瀉，將內心悲苦盡情倒出。在我這個陌生者面前，她似乎在水上抓到一根浮木，我卻被她的哭聲嚇到手足無措，深悔不該多事與唐突，忙是幫不上竟惹到姑娘悲從中來。

「小姐，什麼困難的事情都能解決，請妳別哭吧！」

「不，沒有誰能解決，他死了……嗚！」她猛力搖首，提高聲浪有點凶地吼著，我彷彿是凶手害死了她口中的他。她挪移幾步，伸手接過那塊仍握在我手指的方巾，拭著淚水，忽然在木椅坐下。我怯怯地靠近她，在椅的另一端也就座，輕聲地對她說：

「人死不能復生，請妳要節哀！」

她投過一抹冷然的眼光，長長地歎了一口氣，沒來由地反問我：「你知不知道這個湖為什麼叫做歎息湖？」

我茫然地搖搖頭。早先已問過學生們，大家都無法說出原因。想不到這位在湖邊哭過又歎息的少女會如此問我，心中一喜，竟忘了她先前的悲切，她啟口說：

「傳說很久以前有一對戀人，因為家庭反對她們的婚姻，在無法可想的環境裡，雙雙來到湖邊。她們對著四周的青山跪拜天地，結為夫妻，便恩愛纏綿地度過幾天靈肉交流的生活後，一起投湖自殺。男的在冰冷湖水中掙扎，竟游上岸，女的沉屍湖底。大概死不瞑目，從此遊人便經常會聽到一聲聲哀怨的歎息聲，故此人們就把這個無名的小湖稱做歎息湖。」她瞪我一眼，又狠狠地說：

「男人都沒良心，專門欺騙女人，他自己死了，教我怎麼辦？」

「他也來投湖？」我自作聰明地猜想著她口中的他是如何喪命的。

「不是，他前週駕飛機轟炸順化城外時，被越共的火箭炮擊落飛機而犧牲了。」

「那他是為國捐軀，不是故意棄妳不顧，起碼沒騙妳。」我好心地試圖去安慰眼前這位可人兒。

她抬頭瞄我一眼，幽怨地說：「我們原定在下個月尾結婚，我父母始終反對我嫁給軍人，我一直都怪父母，現在明白已太遲了。」

還沒成親，男友捐軀，她總算不是寡婦，是不幸中的大幸，為何說「太遲了」？我被她的話弄糊塗了，忍不住唐突佳人，率直問她：

「小姐，妳還沒嫁，他已亡故，實在是無緣呵！」

「我叫翠娥，在大叻女大師資系就讀。他是我芳鄰，青梅竹馬，我們私訂終身後，我已是他的人。現在有兩個月身孕，他才棄我而走，教我怎麼辦？除了投湖，我已無路可走。」她的話講完，淚珠又滾落。

但凡自盡者都在一念之間，那刻衝動消失後，尋死的想法必然有變。我無意間的出現，像是水裡的一段浮木在她溺斃前給抓緊。經過傾談，我善意地為她提出幾種解決方案。當時幾乎想扮演她的情郎去蒙騙她的雙親，幸好荒謬的念頭才掠過便觸及手指上的訂婚戒指，終究沒將那個怪想法講出來。

烏雲飄移而化成鵝毛雨絲，我撐著傘陪翠娥離開歎息湖，回返紅塵。我放心不下，於是一路送她回到家。後來我們成了朋友，我安排學校的同事老郭和她認識。老郭被她楚楚動人的風姿以及無奈的故事感動，居然像我般傻得見義勇為，荒謬如我，為翠娥日漸挺大的肚子負起「經手人」的角色。至於有沒有弄假成真而結為夫妻，我因轉到芽莊市而和她失去了聯絡，從此再無音訊，她的情況也不得而知。

兵燹連年，及至越戰結束，我沒有再回去大叻山城，擦身而過的人和事也無法都存進記憶。歲月在指縫裡分秒奔馳，寂靜流逝，悠悠數十載，沒想到天涯海角外再能與故人重逢。令我吃驚萬分的是，當年嬌豔婀娜的紅顏，怎麼會變成眼前老態畢呈的婆娘？在迷茫的時光隧道中我回返現實，為了證實翠娥確是當年那位故人，我問她：

「我以前介紹給妳的那位朋友叫什麼呢？」

「阿郭，他是好人，我後來做了他的妻子。一九六八年越共總進攻，他不幸被美軍飛機投彈炸死了。相命先生批我的八字說是剋夫命，逃難時沉船，我最後的丈夫和兒子也喪身大海。唉！早知道一生如此苦命，那年投入歎息湖，安海！你今天就不會見到我了。你胖了，樣子竟沒變我才認得出來。真難相信呢，轉眼幾十年了。」她的歎息聲仍似當年那般哀怨。

果然是她，真的是翠娥，不然她不可能說出那位我介紹的同事老郭。她弄好熱騰騰的腸粉遞給我，我像在夢裡般追憶已逝的青春。殘酷的光陰太也無情，紅粉佳人今何在呢？迎面風姿撩人的越南少女姍姍行至，竟然是翠娥的翻版，她穿越式長衫，如雪白衣飄飄，笑吟吟地摟著翠娥。經翠娥介紹，她趕緊對我頷首，禮貌地稱我「叔叔」。

「是我小女兒雪芬，在墨爾本大學讀法律系。」

「她就像妳以前的模樣，我腦裡的翠娥是她不是妳啊！」我微笑著說。

「安海，您好命不知苦命人的生活，現在總算安定了。我一直希望能再遇到您，無論怎麼說，您都是我的救命恩人，有空時，請大嫂來我家，好嗎？」

我向她要了地址和電話，在鑼鼓聲中和她母女揮手，耳際彷彿響起了一聲長長的歎息。我拖著沉重的腳步，踩踏著鞭炮散落的紅碎紙，依稀是枯黃的松枝，歎息湖在千山萬水外低沉的歎息聲竟在我耳際迴旋，久久不散……

二〇二一年十二月五日初夏，於墨爾本無相齋

招男無方

阿男向來都不喜歡自己的姓名，求學時被同學們取笑，在家卻被母親那對哀怨的眼睛瞪視。招家無後，彷彿都是她的罪過，妹妹出生不久，父親就很少回來了。

「招男，都是妳不爭氣……」母親責怪她的話像塊石頭重重壓著她的胸口，她的姓名恍如一根針，被人呼喚時就往身上刺。一直到了婚後，成為于太太，除了娘家和丈夫外，那根針已經不必被人含在口裡往她肉體上扎。

于人傑對太太溫柔體貼，呼喚她「阿男」時總是甜蜜蜜的，使招男浸沉在蜜漿罐裡快樂幸福地生活。直至女兒降生，深心才被童年時的夢魘再次掀起驚恐，尤其是丈夫三代單傳，撕裂心肺與陣痛掙扎時，自己發誓再也不要懷孕了。但後來卻又在丈夫輕憐蜜愛裡，心甘情願地放棄定時吞藥片，那天從醫務所診治回家，羞答答地摟著丈夫說：

「有了……」

「真的嗎？太好了。」人傑興奮得將熱熱的厚嘴唇印在她口上，招男沒來由地在丈夫狂吻中眼眶盈滿了淚水。

「妳怎麼啦？阿男，是不舒服嗎？」人傑發現後，手足無措，一邊掏出手巾一邊說。

「哇！」招男忍不住地哭出來，伏在丈夫肩上斷斷續續地說，「我怕，我怕又生一個女的……」

「傻瓜，妳以為我在乎嗎？都什麼時代了，不論男女都是我們的骨肉啊！」

「你不在乎，可是婆婆和你姐姐們都很在乎的。」

「阿男，別管她們，何況也許是男嬰呢！」

婆婆知道後，比誰都熱心，全家到處都貼了一張張胖嘟嘟的男娃娃。也不管媳婦信不信，有空時便拉著她去求神拜佛，家裡供奉的觀音大士神壇前，日夜香火繚繞。聽說泰國曼谷的四面佛有求必應，婆媳虔誠地專程前往泰國，向四面佛許了願。同時，還去一座廟宇叩拜送子菩薩。招男站在露天的「神」像前，紅著臉把三炷香枝，插到巨大陽具石雕前方香爐內，她想不出那根男性石雕性器官為何會有無邊法力，能令求拜的女士們如願！為了于家，她不信也得信，只能裝著一臉虔誠連連叩拜。

墨爾本八月的寒冬裡，招男在丈夫陪伴下嬰兒順利降生了，婆婆興沖沖地與大女兒一起趕至，卻黑著臉面離開。

「人傑，真對不起啊！……」招男虛脫地望著丈夫，淚水湧現。

「傻瓜！為什麼要道歉？我早說過絕不在乎的喲！好好休養身體吧。」人傑低下頭，輕輕地吻著妻子那一臉蒼白。

婆婆搬去和她的長女住，把玉觀音也一起帶走。阿男從此不再燒香，母親一輩子早晚虔誠地求神拜佛，結果還不是統統生了女兒！想到爸爸因此在外邊包養了小老婆，她對人傑更加千依百順，晚上不忘噴灑些香水，把儀容妝扮得格外嬌柔。往昔房中玩耍，她非但不會主動，而且浪蕩的聲音也不敢宣之於口。如今，為了取悅丈夫，她漸漸地改變了自己。那晚，女兒都睡了，她悄悄將丈夫收藏的一盒色情影帶，放進了錄影機，遙控換電視機的視頻。人傑愕然地在太太主動狂吻中，在電視機的浪笑畫面前，任由太太學著洋裸女的方式擺布。

事後人傑笑著問：「妳有沒有吞藥片？」

「當然有呀！我不要再生了。」

「今晚那麼瘋狂，我以為妳要一個兒子呢！」

「你真的在乎嗎？」

「不，不，倒是媽媽，她老是在催我，什麼『不孝有三，無後為大』的，講個不停。唉！不理她了。」

招男若有所失地凝視著丈夫，狠狠地下了決心，床頭的避孕藥片還剩一排，明天扔掉後，不再找醫師開藥方了。

在一次的生日舞會上，招男認識了邁可夫婦，他們熱心地相邀，下週日到一位朋友家中聚會，于人傑為了禮貌也應允同去。

那晚，他們受到出席的陌生朋友們盛大的歡迎，福音像一首悅耳的歌曲，啟開了招男的心扉。于人傑對於講耶穌的故事卻提不起興趣。往後查經班的聚會，成了招男日常生活的一部分，人傑只是偶然地陪著太太去參加。

兩個女兒完全受到媽媽的影響，飯前祈禱，也迫著于人傑一起低首。除了他，母女三人都領洗了，神的愛充溢著招男的生命。她對於丈夫以前的依順，漸漸地被神的力量沖淡了，為要搭救丈夫的靈魂，她比世上任何傳教士，更熱心地宣揚上帝的全能。于人傑由於太太過去的熱情退卻，甚至變得冷感，在受洗的問題上賭氣地說：

「好！妳求上帝賜給我們一個兒子，我立刻領洗。」

「你會相信的，告訴你，我已不再吞藥片啦！」招男拉起他的手繼續說：「我們祈禱吧，神啊！請賜福給我們，讓我們平安，早生貴子，阿門。」

招男有喜的消息，使得頗久不再來訪的婆婆，又歡容快樂地經常出現。她在家拜觀音，到媳婦處也胡亂地學著祈禱。

于人傑沒想到神的力量，竟可改變已決心不想再懷孕的太太，甘心要為他再受苦。他如今睡前的祈禱誠心誠意，不過來來去去就是這一句：「主耶穌啊！求您賜給我一個兒子吧！阿門。」

臨盆前，招男簽了字，產後順便結紮，她再也不願受這種痛苦。人傑聽到太太撕心裂肺地哭喊時，他的汗水都流出來了。是雙胞胎，于府又多了兩千金。他抹去汗，走出醫院產房，媽媽已經先離開了。

婦科醫院走廊上的十字架，耶穌的苦像冷冷地瞧著他，人傑別過頭長長地歎了口氣……

二〇二一年十一月八日深春，於墨爾本無相齋

何必相逢

在我之後，將無人向你訴說親近而溫暖的話

——里爾克

◇

我們分別之後，誰也沒有夢想到會再見面。藕斷絲連，而萬縷情絲終是不可能綴補斷藕，所以我們都黯然於這迫使我們揮手的現實。彼此深心相信時間和空間，將會淡忘那段屬於我倆的七彩斑爛的過去。然後，我們將隨著生活的無奈軌跡，繼續前進。

再也收不到妳的信，當然，該怪我沒有勇氣先寄信給妳。我是飄浮的雪，無定的方向，無定的城鎮。也許，妳曾經想把別後的相思傾訴，但苦於沒有我的通訊處，不能投郵而作罷。妳是否經常地跑到海邊看雲？正如我在每一個寂寞的沙灘上塗寫妳的閨名，然後讓海水把我的思念沖洗而去。我常相信，妳在任何一處海灘，都會收到我從海水傳去的呼喚。

婚後，以為我們之間的故事應該埋葬了。

試圖遺忘，然而內心煎熬著的痛苦，並不能真正抹去記憶。想要遺忘，但已然發生過的事實，無法抹殺。除非我患上了失憶症，不然，那濃烈的感情，那熱切的愛，總不能無愧地面對我的婚姻生活，一種外人所傾慕的幸福糖衣。在極度的矛盾中，我陶醉於新創的理論，以求精神上的解脫，甚且是對妳思念的一種自嘲。

我結婚生兒育女，只是繼續前進著我們人生的軌道，我們的愛是另一道不明顯的軌跡。我盼望著這兩道軌跡能夠並進而不交疊，妳也將會走著一條無奈的人生旅程。內心的隱祕也可以一生無憂地伸延成另一道軌跡，這和野心不同。但可悲的事實：就是兩點伸延時而不平行總會交疊，於是，我們的終局就不如自己想像的了。

分別五年，在誰也沒有夢想到會再見面時，我們竟意外地相遇了，剎那的激動也在剎那的對視中平靜了。

我的心急速跳動，血管中血液澎湃奔流，我想熱烈地抱妳擁妳，以表達多少年來強抑在心中的思憶。可是，我沒有行動，在意識的掙扎中我頹然地發現，妳讓冷漠完全包裹，妳的外表完全無動於衷。如果要說改變，那五年的時間和空間，並不能把一個少女的姿容刻劃上多少痕跡，但已足夠將一顆心由熱切而冷卻，把思想從幼稚轉向成熟。

從教堂走出來，妳並沒有拒絕和我同行。在神的天堂裡回到人的世界，我們都有被喧嘩遺棄的感覺。我們走著，沉默著，同時是距離著。讓迎面而來的眾多汽車與機動車的聲浪，冷嘲著這本不該屬於我們的重逢。

「今天我真正地祈禱……」

我試圖把距離拉近，最低限度我們走著而不該如斯地沉默著。五年的時空間隔，難道我們真的要啞於這再相逢的現實嗎？妳聽得出來我的話是刻意地留著下文。

「真正？」妳咀嚼著我的語句，同時迫著我說出隱藏的話：「祈禱什麼？」

「祈禱彌撒早點結束。」

「你很忙？」

「忙著見妳。」在教堂意外地發現妳，我的心再也靜不下去誦唸經文了。神在我心中的份量竟然這麼輕，輕到為了妳，我就不加考慮地背叛了整個信仰。喲！這一刻，我居然可恥地同情猶大那小子（註）。

「你什麼時候回來的？」距離已經拉近了，妳又狠狠地將它摔開。妳何必走得那麼快？哦！該是我不知不覺中放慢了腳步，這樣，我們同行的路才不會太短。

「今天是我回來的第一個主日。」

「是否打算住下？」妳的冷應該是被路上的陽光灼迫著了。我的心掠過一絲喜悅，妳在關心我的去向了，妳終究是妳啊！

我忽然衝動到想告訴妳，我再也不走了，可是，我還是掙扎著困難而努力地說：

「不！」聲音提高了，有些眼光不為什麼地飄過來，恍惚中似乎妻的眼睛也正那麼尖冷地迫射著。我加快腳步，不安地意圖把那些眼光摔開。

妳白衫像雪，花裙飄飄似蝶，恬靜如昔而在不笑的臉上罩著千種冷，這是妳唯一的改變嗎？妳的笑姿呢？漫長已五年的思念，難道不夠換取妳臉上一個開綻的酒渦？幾次我提起手，想牽妳一如五年前般地自然和親熱。

可是，妳的冰冷化成一種壓迫力，無形反擊著我的思念，我的手猝然地又低垂了。道路伸延，靜止而無聲地向遠方伸延著。

「去吃早餐？」我剛才望著妳虔誠地領聖體，想妳應該餓了。

「……」妳沒有搖頭，卻深深地看了我一眼，這一眼包含了許多我的不解，唯一能明白的是知道妳不反對我的建議。

餐廳樓下人很擁擠，女侍應生引我們上樓，外界和喧嘩即被隔絕了。

我點了燒賣和肉包，妳要一客凍盤。

「早餐食凍盤心會更冷的。」我裝著笑。妳不笑，我只好也掛上臉，面對面像什麼？

「她不去教堂嗎？」凍盤還沒有送來，妳的心比我預期更冷了。妳要在這個時間提「她」，是存心照會我：現在是有別於五年前了，是嗎？

「我們不同信仰。」

妳放下手上的經書露出點驚訝地注視我：「可能嗎？」

「……」我微笑。笑妳的純真，已經是事實啦！怎麼會不可能呢？

「幾個兒女了？」

「兩個，剛剛是『好』字。」

「五年兩個？」

「不，三年兩個。」我的結婚啟事是三年前刊登的，妳該是記錯了我們離別的時間了。

「你很幸福！」

「……」我很幸福？我總不能捕捉幸福的真正定義。掛在口上都是那麼空洞，似乎只要有家、有妻子兒女的男人，別人都會將「幸福」這個詞輕便地送給他。

「妳什麼時候領洗的？」我忽然想起，在我走前，妳只隨我去過一次教堂。那次，我曾經告訴妳：一位教徒的婚配是要在教堂由神父主持。當時我以為，將來和我站在一道領婚配的人非妳莫屬。但我們竟被安排在交叉而過的兩道全新軌跡上。

如果我們堅持，如果我們忍耐，如果我們釋然於重重障礙，而讓我們的故事順理成章地繼續下去，我倆是會更幸呢？或不幸呢？

「你離開後不久，我就領洗了。」妳專注凝視著我，好像要確定在妳面前的我，和以前的我是否一樣。

「請問用什麼聖名？」

妳低下頭輕輕地說：「讓我保留。」

「妳變了。」

「時間總會或多或少改變著世間的一切，不是嗎？」

「也包括愛情嗎？」

「自然。」妳說得很堅定。

「我以為那應該例外。」五年了，並沒有改變妳在我心中的位置。我說，妳會信嗎？

「……」妳露齒展顏，然後搖搖頭，放下餐具，強調似地再搖頭。搖掉我五年來在心底的影像，搖落我心中的一個死結。

妳狠狠地反擊：「你不是也變了嗎？」

「……」已是兩個孩子的父親了，如果我再對妳誓言著：我的心一如五年前的赤裸純白，我的心依然在另一條軌道上痴痴伸延，依然讓妳的影子糾纏，妳能相信嗎？

沉默築起一道無形之牆，我們被間隔了。冰冷歲月和殘酷現實已經撕碎了一個夢，再來一個夢怎樣也不能連接啦。

離開餐廳，我再一次被這喧嘩都市遺棄，我的心融不進一點星期日的喧鬧，五年的夢失落了，連帶失落了一切外界的光與熱。

「我送妳回去？」我在期待，期待能再和妳多走一程，雖然，我們又將揮手，又將從兩個不同方向和角度前進，仍然因為妳而使我掙扎著，縱是一刻鐘或更少的秒秒分分也好。

「不必了，謝謝你。」妳堅定地婉拒了，我茫然地目送妳消失在人群裡，也消失在我的心中。

這次，我們竟沒有揮手，也沒有互道再見，我確知是不會再來另一個五年了，妳也知道的，是不是？

路仍然在無盡伸延，原本烏暗的天空，驟然飄下點點雨珠，落在我臉上有些冰冷，我毫無知覺地落寞地走著，感受不出今天是一個怎樣的日子。已經訣別，何必相逢？何必再相逢呢？

二〇二一年七月十五日仲冬，於墨爾本

電話情人

凌伯建服務的職場，是生產汽車零件工廠的跨國公司，白領、藍領職員總共有三千餘人，總行各部門的電話有多達一百八十個之多，還有自己的小電話部，方便有關單位聯繫。

離婚前，他往往會掛個電話回家和太太傾談問好，沒想到那份對妻子的關心，竟變成她在公堂上指證的一項罪狀。說是追蹤她，給她精神壓力，正所謂：「欲加之罪，何患無詞？」婚姻破裂，反目成仇，說什麼「一夜夫妻百日恩」？那已經是現代人嗤之以鼻的神話。

婦權高漲後，相對地自然是夫權下降，社會制度、法庭律師們處處在為「不幸」的女人伸張正義。伯建最後痛心疾首地把家產及唯一的女兒，都簽歸給下堂求去的女人，已經三年了，他再也沒有從公司撥出外線的電話。

三十餘歲的成熟紳士，如要再婚，真是何愁無芳草！但因為有過婚姻觸礁的陰影，他寧願和女同事相約在週末去鬼混，也不想再隨便陷進另一座「婚姻墳墓」去。尤其，洋妞們的熱情、坦率、風騷更非同族異性所能相比。但無論如何瘋狂地和洋妞們雲雨翻滾，也總難排遣那深埋心底的一份失落。每當下班後回到空寂的公寓，除了扭開電視機，讓大量的音波繞室，竟沒有對象讓他傾吐，那種空虛不是週末的胡鬧所能填補的。

沒想到一個錯誤的電話，完全改變了伯建。那天，辦公室的同事都吃午餐去了，由他輪值，他正津津有味地讀著日本作家安部公房的小說《他人的臉》，鈴聲忽然大作，兩三個電話同時亮起小紅燈。伯建充耳不聞，他沉迷在主角改容勾引自己太太的奇妙情節裡。最後只剩下主任的電話，彷彿不忍斷氣的臨終之人呻吟著。如沒重要事，通常鈴聲響了五六次也就掛斷了。伯建放下書，跑去拿起電話筒，正想開口說主任不在，對方一口京片子令他意外中有份忍不住的喜悅，從來也不會有講華語的人打電話到公司，耳際頓時如春風拂過，涼爽又舒服。

「請問黃先生在嗎？」

「小姐，妳一定打錯了，我們公司都是洋人呢！」

「是嗎？你卻唯獨是中國人。這不是太巧了嗎？」

「是啊！我不知道別個單位有沒有妳要找的黃先生，我找找電話，請妳稍等啊！」伯建熱心地翻閱小電話冊，最後說：「對不起，確實沒有姓黃的。」

「先生，請麻煩你試試Ng或者Huang和Wong，再不然試找Huynh，同樣是姓黃，我不清楚他是用新加坡、臺灣、香港或者是越南的拼音。」溫柔到令人不能拒絕的聲音，使伯建再次查閱電話簿。真麻煩，一個「黃」字居然有那麼多種拼音。

「小姐，都沒有。我姓白，沒法幫上妳的忙，真抱歉。」都是顏色的姓氏，伯建許是太久沒講華語，倒是想和這個悅耳的聲音傾談久一些，但又不知該如何延續，胡亂改個姓氏聊聊也好。

「原來是白先生，我叫珍妮，真謝謝您啊！」

「不用謝！」抓住話筒，伯建臉上泛起微笑，可惜電視傳真的電話雖然已發明了，卻仍未普遍。不然，便可瞧瞧這麼迷人的聲音會有一張如何漂亮的五官。

伯建剛剛回到自己的辦公室，主任的電話又似冤魂討債般吵個不停，他再次衝前，話筒竟然又響起相同的的聲音：「是黃先生嗎？」

「是我，妳又撥錯了。」

「呵！白先生，怎麼搞的又撥到你那裡，對不起。」

「沒關係，您撥的號碼是我們主任的，我的是一九五八三一四，正好我有空，有什麼我可以幫忙的嗎？」

「您太好了，沒事，我抄下您的號碼，不介意吧？」

「當然啦！很高興妳來電話，我這裡根本沒機會聽到華語。妳找黃先生找不到，怎麼辦？」伯建好奇，也忍不住想多聽這串軟語。記憶中，和前妻當年的聲音倒有幾分相似，但前妻就缺少她聲音裡的那抹溫柔。

「他是補習班老師，我從報上抄下的電話，沒想到卻打了給您。」

「原來妳還在讀書，真好！」

「要獨立總得有點本事，我在修會計，您是哪一行呢？」

「我早年在越南是小學教師，如今是搞電腦的。對不起，我要工作了，再見。」放下電話，伯建才後悔沒問對方的號碼，竟然有份惆悵。他生肖屬牛，今年三十餘歲，恰恰是本命年，今歲牛年。他命裡帶桃花，等到農曆七月初秋，才平白接到個溫柔似水的電話，怎不教他暗自高興呢？

以後午餐他就獨個兒守著電話，可是，左盼右等就是沒有再聽到那個聲音。一個星期在莫以名之的期待中慢慢過去，每次抓起話筒一聽到英語，便知道不是她。星期四是他值班，已經不再去想，可是，偏偏在不存希望時，希望又像陽光出其不意地照射下來。

「白先生，我是珍妮，還記得我嗎？」

「妳好，是不是要找黃先生？」白建幾乎脫口說掛念了她整整一個禮拜。

「不是啦，我今天沒上課，想找朋友聊聊，她們都上班去了，知道你沒事就打給你。」

「太高興了，居然會給我打電話，可否將妳的電話號碼示知？」白建心跳加速，緊緊握著筆，像鉛筆會不聽差使似的。

「六五一四一零零，我通常都在家，同屋有幾位女孩，線路較忙，週四就方便。」

「那好，週四我打給妳。我們做個電話朋友也頗有意思，我一天到晚都說英語，能換換口音還真是喜歡呢！」伯建將抄好的號碼貼在書桌上，隨口問：「珍妮，妳結婚了嗎？」

「還沒有，害怕呢！我接觸很多婚姻不幸的人，都說最好和男人保持距離，做做朋友、情人都行，千萬不要做夫妻。一旦結婚，太太好像變成他的私人財產，盯緊不說，還要電話跟蹤呢，那真是太累太累了。」珍妮傾訴，聲柔如水。

「我也不明白，女人一旦結了婚，油鹽醬醋茶一搞，天生的女性溫柔就飛散了。我的許多朋友受不了太太的霸氣，最後都離婚。我老爸那一代人，甚至我以前在越南，幾乎沒聽說過什麼婚變。妳們女人一天到晚呼叫女權，多少家庭破碎都因此而起呢！」伯建滔滔不絕，幾年前的傷痛忽然湧現，要止也止不住。

「很有意思，我們以後再多交換意見。有人按門鈴，對不起，我先掛了。」

凌伯建有些後悔，才初識就和她爭論，真怕她生氣，補救的辦法唯有主動打電話去道歉。幸好他相信，沒有結婚的女性都不會有霸氣。她太太雪梅早年還不是千依百順，如綿羊般順從。婚後不久，她便原形顯露，每次爭執他都要讓步，常常求她，給他一點溫柔。可是，做了太太的人，竟殘忍地把女性動人的溫柔天賦埋沒，是多麼不幸的遺憾喲！

珍妮果然沒把爭執放在心上，他們電話往還，天南地北無所不談，一天中如沒聽到那滋潤心靈的軟語妙音，伯建就魂不守舍。他們早已在電話兩端，從朋友而跨越至情人的關係，這份超然的戀愛彷彿是柏拉圖所講的精神境界。伯建後來先忍不住，畢竟柏拉圖的理論是站不穩腳的，男女的情緣豈是電線兩端所能阻擋的呢？

「珍妮！星期天我去看妳，方便嗎？」

「噢！這樣吧，我到火車總站，在那邊會合再講，我這兒人比較多，不大方便。」她猶豫後才輕輕地說。

「我們怎樣知道彼此呢？」

「容易喲，我穿黑裙配黑皮手袋，手上拿一份中文報，你看到了自然知道是我啦！」

真是不簡單的女人，伯建越想越高興，他憧憬著這個週日，將是他人生新旅程的大好日子。神思飛馳，滿腦全是盈耳清脆的聲音，輕輕吻著話筒，好似已吻著珍妮溫熱的嘴唇。這種感覺唯有當年在追求雪梅時有過，婚後，那兩片相同的嘴唇，溫度漸降以至完全冷卻。週末那些洋妞們雖然熱情洋溢，厚唇灼人，宛若要將自己吞噬，那沸騰的只是肉欲，和這有情的接觸又不一樣。

星期日在苦苦期待中，地球才慢吞吞地把這個光明的好日子轉出來。

凌伯建打上領帶，才想起這條絲質紅花紋領帶，是雪梅當年送給他的生日禮物，除下又換上那條淺藍色的方格圖案，又想起是結婚紀念日的禮物，另一條淺黃暗紋橫線是情人節她買的。原來，已三年沒有再購買過新領帶了！他把最後一條拆下，索性不打。唉！三十多歲人啦，竟然認真到一如年輕小伙子初次赴約一般緊張！他對鏡展顏，就輕裝便服出門了。

週日，墨爾本的火車是每四十分鐘才有一班次，伯建很少乘火車就不知道，在車站上的月臺空焦急。一顆心忐忑不安，直到上了火車後，愁顏才稍稍舒展。乘客不多，洋人們都低頭讀報或看手機，伯建也打開英國作家傅傲斯（John Fowles）的小說《黑檀塔》——描寫有關畫家布里斯里的豔遇。無奈，眼睛看著文字，卻沒法看進心裡去。心中七上八下，盤算著和珍妮見面時的種種應對。

如何能長久擁有她那份令人神往的女性溫柔呢？最好是她也是個開放型的女人，這樣彼此互相吸引，同墜愛河，永遠做情人或者同居都好，千萬別結婚。那麼，就不會把溫柔的珍妮再變成雪梅。美妙心思敲算著，他臉上泛起一抹淡淡的笑意，火車終於到達了總站。

離開月臺趕上去，已經遲到了五分鐘。幸而從來初次赴約的女人是不會準時的，這個估計使他有些安心。唯一例外只有當年初戀時雪梅準時到達，像她這樣講原則的女人並不多。隨著人群通過閘口，總站大廳來來去去的乘客真不少，他按捺心跳，竟然一眼瞧見那位穿黑裙拿著黑皮手袋、婀娜身影的女士在前方踱步，手上果然拿著一份報紙……，再熟悉不過的背影，怎麼會是她呢？老天啊！一個準時而講原則的女人。

凌伯建不敢趨前，打橫穿過正面，走近電話亭假裝拿起電話筒。她往回走，側面已看清楚，果然是雪梅。珍妮居然是她！難怪聲音會那麼像，為什麼？為什麼？離婚後她消失的溫柔統統綴拾回來了？改了個洋名字，哼！幸好她不知道白先生就是凌伯建。他將信將疑的是，站在電話機旁瞄了好幾分鐘，再沒有另一位穿黑裙手拿中文報紙的珍妮出現了。他匆匆閃進公廁，約十餘分鐘後再出去，她已走了。

伯建走進月臺，意志蕭索地要趕快離開，心想珍妮一定會打電話責問他失約之事吧？在火車上，他編造一個又一個理由，他不知道這個溫柔如水的電話情人珍妮，會不會繼續將溫柔從話筒傳給他……

二〇二一年八月十日深冬，定稿於墨爾本無相齋

阿鋒的情書

梅子：

第一天上班心裡好奇又緊張，整個部門原來只有我這張東方面孔的男生。流水線作業竟一眼從洋娘堆裡，發現六張亞裔面孔，俗謂：「三個女人就是一個墟。」十二位女人聚在一條流水線上就等於是四個墟。我怕到不敢靠近，工頭惡作劇地硬要我置身四個女人堆裡。生平首次在婆娘群裡幹活，我有點像活寶，吱吱喳喳的十一張嘴開開合合，差點沒給她們吞噬。

最小巧美觀的一張小嘴緊緊抿著，我感激地凝視，愁眉不展、似笑非笑地瞄我一眼，我居然心跳。看不出妳的年齡，現代化妝術可以延長女人的青春，妳薄施脂粉，皎潔又白潤的肌膚使妳很年輕。妳倒不隱瞞歲數，說兒子已經上小學了，真難相信。別人都不叫妳阿梅，妳不更正，卻對陌生的我吐露真名，令我很感動。

整個單位三十餘人中獨妳悒悒不樂，孤孤單單，正好我也有孤單的感覺，我從來不相信什麼一見如故的說法，遇見妳，果然是真的。

妳丈夫離開了，讓我大吃一驚。妳淡淡述說一如那些淒涼歲月是別人的遭遇。我向來都是很快樂的人，雖然婚姻生活並不幸福，為了兒女，唯有深埋痛苦去扮演人夫人父的完善角色！希望妳快快樂樂。

妳的新朋友阿鋒　二月二十八日

梅子：

早安梅子！我們清早相遇總以這句話開始，妳從來不叫我，回覆「早安」或展現一個淺到只能感覺的似有若無的笑姿。不愛說話的人是否很珍惜自己的聲音呢？我不敢問，害怕唐突妳。我是個喜歡聊天的人，也是怕寂寞的人，總是無話也要找話去打破沉默。起初不曉得，竟以為有一張嘴的人，又不是啞巴，怎能有話不說呢？妳容忍著這麼一張嘴的轟炸，只管忙著自己的工作，我居然暗中怪妳高傲。多麼膚淺的人啊，妳寬容到不計較。用安詳冷傲的神色接受我的啁啾。也不知如何，妳難得開口和我爭論，話題繞著快樂與不快樂，不瞭解對方而強要別人快樂，妳是不同意的，我堅持幸與不幸都有權快樂，我們自然沒有結論。

妳為什麼會不快樂？有什麼理由讓妳拒絕和不接受歡樂的人生？我經常想著諸如此類的問題，想著問題時也會想起妳。我本來很快樂，雖然妳不承認那是我真正的快樂，念及妳悒悒寡歡的姿容時，我的心便沉下去，像溺水的人，總要死命抓緊用以盈握救命的東西，我就如此地掙扎著。並誠心希望自己能設法令到妳會快樂起來，我要盡朋友之道。

妳終於主動和我招呼，並承認我是妳的朋友，我真高興呢！謝謝妳。

妳的朋友阿鋒　三月十四日

◇　◇

梅子：

分配到和妳在一起工作，我心跳加快，有點緊張和興奮。第一次那麼靠近妳，我忘形地偷偷凝視妳，側影的線條，潔白細柔的皮膚。好幾番差點忍不住要伸手，想輕踫妳在我面前忙亂的手臂，想試試妳肌肉的彈性。由於分心，我的速度就慢下來，反要妳主動過來幫忙。

不愛開口的妳，竟破例滔滔不絕地將過去噩夢向我訴說。怎麼也無法想像，長期失眠者對睡覺是何等盼望，我的心充滿憐愛，上天為何要把這種不幸硬加於妳？我聽著，歎息著，值得安慰的事是，如今妳已可以入睡，啊！感恩上蒼仁慈。

妳絕口不談妳的丈夫，我雖然好奇也沒敢問。試著冒昧向妳要地址，不意連電話號碼也抄下給我，驚喜原來是這樣的喲。

今朝醒來才知道是週日，匆匆趕去，見到妳那輛淺黃色汽車停在門前路旁，眼前那棟公寓內，不知妳醒了沒有？我怔怔地望著，躊躇著不敢去按電鈴，我的教養使我不敢為此唐突一位美麗的女人。

回程時內心濃烈地想念妳，我這個自命清高的人，已經跌進了妳眼眸深深的陷阱裡，生命的第二春似乎見不到溫暖的陽光……

我害怕週末或假期，後來始知道空虛寂寞襲來時，竟然就是見不到妳的漫漫休假日。

想念妳的阿鋒　四月二十五日

◇

親愛的梅子：

看到妳匆匆離開工廠，心中很是掛念，想著一切可能發生的事，越想越不安。同事們甚至不曉得單位裡少了妳，我無從打聽，只好讓那顆不安的心七上八下與時間賽跑。

晚餐後打通了電話，真是謝天謝地，妳平安無恙，只是早退要前往銀行辦理有關帳戶的問題。妳意外中必定會有些開心，畢竟世上還有一個人關心妳啊！

躺在床上想妳，是有種犯罪的感覺，我吃驚自己還存有這絲理智，以為早早陷進了情網的深淵。女人是最敏感的動物，我情緒暗中波動，卻逃不過身邊另一半的冷眼。她終於有個絕好的藉口，去解決本該早已結束的婚姻。我們沒有吵架，彼此客氣到如陌生人，我的坦白讓她稱讚那是一份可愛。

誤解而結合，瞭解再分手，若果是現代婚姻的寫照，不幸的並非離婚的男女雙方，而是下一代。她走出家門的剎那，我衝動得差點追上去挽留。結果卻是我自個兒躺在雙人床上，縱情地呼喚妳：梅子，親愛的梅子……

可以對妳公平，我就沒有犯罪感啦！

煩惱的人　阿鋒　五月十二日

不意，翌日當兒女起床後叫我之時，手足無措地發現自己竟已經是一位單親爸爸時，梅子，我腦中完全沒有妳。

◇

深愛的梅子：

給妳打電話，是想約妳出來同慶賀我已恢復自由身，妳卻忙著在洗衣服，語氣中有些不耐煩，這使我難過了一整天。後來想及妳每週工作六天，家務全堆積到週日才清理，根本已經沒有空閒時間，我不該給妳添任何麻煩了。

妳以前肯定說，絕不介意我在休息時走到妳身邊聊天。近來妳不知是故意或出於無心，常在飲茶時間主動加入她們的天地。每日我期待，而天天如此，忍不住問妳，妳不答。更進一步令我百思不得其解的是，連每天清晨說早安，妳也僅淡淡地點個頭，不肯開口。

我走進了一道黝暗的地獄之路，在其上掙扎前進，試圖摸索一條出路，但妳冰冰冷冷的神色像黑幕降落，令我失去方向感，無從明白自己做錯了什麼。

再給妳打電話，妳除了回應是梅子一句外，再也不肯吐多一個音節。我不甘心，求求妳，求妳告訴我，為什麼？為什麼？

每天為了問候妳，只好在妳車間留字條：「梅子，早安。」然後寫下一句又一句求妳的話，尋找一切機會偷偷凝望妳，但妳端莊的姿容連一抹笑意也吝嗇了。

梅子，希望妳一切都平安，上帝保佑妳。

真心愛妳的阿鋒　六月六日

◇

梅子：

讓我百思難解的是妳變得冷酷，我苦苦地想著，總無法尋求一個恰當的答案。我沒有做過任何傷害妳的事，關心妳，喜歡妳，深深被妳吸引。我們這些時日相處也從沒爭執，究竟為什麼？妳把友誼回收，從親切變成冷漠。

哀求妳，在電話裡終於淡淡說不願受我的困擾。在工作時，妳忍心視我為陌路人。我的心受著如千萬枝尖刺戳進去般，我有自尊，有教養，相愛或者單戀是沒罪的。我想不明白的是，妳為何會殘忍到去傷害一顆對妳如痴似醉的愛慕之心。

今天，妳凶巴巴、惡狠狠地來警告我，不要再給妳寫字。我只寫了「早安！」和一個問號「？」。望著妳，我傷心地強忍著悲痛，女人心海底針。對於我過去的自作多情，我完全沒有後悔。梅子，不論妳怎樣討厭我，我對妳付出的始終是一片純真的感情。

人生！本是一場春夢，對於我生命史裡的第二春，這場夢為冬天飄飛的雪花，在陽光露臉後，就消失得無影無蹤。心中茫茫然，腦際縈繞的全是妳冷冰冰的姿容。

我已經決心辭職。茫茫人海裡，我們是偶然交叉而過，屬於有緣無份的巧遇。天涯海角我都會深深地懷念妳，虔誠祝福妳！

傷心人　阿鋒　七月十五日

二〇二一年十月二十八日仲春，於墨爾本無相齋

美麗的錯誤

整整的一生是多麼地、多麼地長啊！
縱有某種詛咒久久停在
豎笛和低音簫們那裡
而從朝至暮念著她、惦著她是多麼的美麗

——瘂弦

◇

在我的婚姻生活行將觸礁的時刻，也是我心靈空虛最感徬徨的期間，在錯誤的地方錯誤的巧合，她像幽靈似地出現了。

清明時節天氣晴朗，路上沒有行人，汽車飛馳往來，看不到五官也見不到愁容。史賓威鎮[1]

[1] 史賓威市（City of Springvale）距離墨爾本市中心約三十公里，是一九七六年起，澳洲政府接收印支三邦難民們的暫居小城鎮之一，因而發展成名聞遐邇的墨爾本東南區新華埠。

外的大墳場比往常熱鬧，駛進去的各類汽車全奔向一個相同的目的地：華人義地。由於怕人多擠擁，我等過了午後才單獨前往拜祭二哥。從來沒試過孤身一人走進墳場，這次除了拿一束黃菊花外，應該用的祭品和香枝也統統沒有準備，我看來絕不像是一個掃墓者。

華人義地，煙霧繚繞，墓碑前插著各類繽紛的鮮花，到處殘留著冥錢灰燼。憑著記憶我終於尋到二哥埋骨所在，令我驚訝的是墓前燃著三炷香和一束白劍蘭。一位穿著黑色百褶裙、襯上黑白相同格子圖案波恤的女人，蹲在墳前清除雜生的野草。我看不清她的正臉，但怎樣也想不起她是誰。到二哥墳前拜祭的人，除了我外幾乎絕無僅有的了。我悄悄地將鮮花插到墓前石花瓶，然後跪下叩首。當簡單的儀式完成後我站起身，剛才那位陌生的女人竟已移到左邊，好奇心和禮貌都迫使我去面對她。

她紋風不動地跪在墓前，我還是看不到她的五官，站立在她背後，她不長不短的烏亮髮絲在一隻蝶形髮夾裡束起，微風拂面而看不到黑髮飄飛，倒是那隻蝶彷彿要展翅。在我對著她背影儘量發揮想像力去追索記憶她應該是誰時，她不容我有更多時間胡思亂想，在我措手不及中，她已經面對面地垂著雙手立在我跟前。

又一次出我意料外的這張端正秀麗的容顏沒有淚痕，臉色在仲冬乏力的陽光照耀裡顯現淡淡的紅。一雙大小恰當的眼睛平靜地看著我，沒有蘊含半點驚奇，似乎我的存在是天經地義的事，和她完全不相干。我的心一跳，在第一個照面的剎那，假如人果真有魂魄的話，我相信我的魂魄，已經被她黑溜溜的眼瞳吸收進去。那麼定定瞧著一個完全陌生而漂亮的女人，是絕不乎合我的教養，我掙扎著堆上一個頗不自然的微笑，艱苦地讓魂魄從她瞳孔裡逃出來，我終於恢復了應有的神態，用聲音使自己鎮定：

「對不起！我無意打擾妳，只是想謝謝妳幫忙整理我二哥的墳地。」

「不必客氣了向先生，你二哥和我丈夫為鄰，我舉手之勞而已，以為沒人來拜祭呢。」她的聲音清悅動聽。

我吸了一口氣，倒退三步，以為她是鬼魂。她怎麼可能知道我姓向？我瞪著疑惑的眼睛吃力地再開口：

「妳怎麼知道我姓向？」

「墓碑上刻著向簫先生之墓，你說是你二哥，我自然知道你姓向啦！」

「妳很聰明。我叫向笛，叫我阿笛就好。請問應該怎麼稱呼妳？」我臉上一陣熱，為了剛才的多疑而自慚。

「人人都叫我阿蘭。」

我怎麼可能如此唐突稱呼她的芳名？但如不叫她阿蘭又該叫什麼？

「我先生能和你哥哥做鄰居，相信他會高興的。」她指著墓旁一個已建好四邊的空穴說：「將來我去見我先生，你來掃墓時會不會順手插一束花給我？」

一陣沒來由的冷風掃過，我打了一個寒顫，情難自禁地脫口說：

「阿蘭，不要說那些話！」

「墓地已經購置了，將來當然會和你二哥做鄰居呢！」

「不！不！妳還很年輕，路還很長，世事多變化。妳先生一定不同意妳下半輩子孤零零地度過。我真不明白，世間真的還有這樣深情的夫妻？」我有點語無倫次。

「向先生，你結婚了嗎？」

我點點頭：「請叫我阿笛。」

「如你萬一發生意外突然辭世，你太太也會這樣做的。」她舉起手輕輕攏著頭髮，她的手好白喲！

「不，不會的，我還活著她已經準備走了。我不明白她。」

一抹很淡很淒苦的笑意展現：「是的，你不明白，做女人難，做中國女人更難。」

「我太太完全不像妳，她可以去法院要辦離婚。妳卻在丈夫逝世後等著將來葬在他的墓旁，妳這樣做對妳是不公平的，妳想想如果先走的是妳，妳丈夫會不會也預先購置一塊墓地等著陪妳？」

我不知道為何要說這些話。

「我不知道。」

「我肯定他不會。阿蘭，為自己活得快快樂樂，沒有人有權指責妳的生活。」

「向先生，你真的很西化，一點都不明白中國人圈子，對於一位年輕寡婦的壓力。我今天如果是和一個陌生男人，站在史賓威市商場中心地帶像這樣的閒聊，那些認識我的人，將會如何在背後指責議論我？那種壓力無形而確實存在喲！」

「何必管呢？」

「你永遠不會明白，因為你不是女人。」

「為了那些不合時宜的傳統，為了怕別人的議論，妳就選擇這樣的路？」

「我無從選擇。」

「我太太可以選擇，妳當然也可以，妳缺乏的只是勇氣。」

「沒有必要沒有結果的辯論，是不是？你二哥怎樣辭世的？」她平靜而溫柔，聲音散發著甜甜的味道。

「這個墓穴只是我二哥的衣冠塚。他在柬埔寨消失，相信是死無葬身之地。就像那幾百萬無辜的柬埔寨人民一樣。為了讓他安息，我才在此建墓。」

「你很重手足情。」阿蘭抬起頭，微笑地看我。

「妳很重夫妻情。請問尊夫是怎樣走的？」

阿蘭驟然收斂了原本的笑姿，落莫地說：「癌症。給越共騙去改造了八年，偷渡到此癌細胞已經擴散，都是戰爭所造成。」

「他逝世多久了？」

「前年的事。」

「妳有什麼打算？」我不明白自己為何變得如此熱心。

「工作，混日子。有一天走完了人生的路，就睡到這裡來。」

「阿蘭！妳不要這樣想……」

「觀點不同是不是？講講你為什麼會給太太拋棄？」她轉身蹲下收拾水果祭品，我再次望著她窈窕的身材。這麼迷人的女人，她的一顆心居然會靜止無波？

「不是給太太拋棄，男女婚姻破裂雙方都有責任。」我被撩起了那段不堪回首的傷痛。

「有沒有兒女？」

我深深地注視著她，想看透她的心湖是否真正靜止，向她點點頭。

「有孩子是應該設法挽救。向先生，祝您好運！」

「我稱呼妳阿蘭，妳為何不叫我阿笛？」

「有分別嗎？我們該走了，我從來沒有和一位陌生的男人說那麼多話。看在將來要和令兄為鄰，算是破例。」

「我有一事相求。」我望著她，欲言又止。

「……」她剛想舉步，聞言又站定，安靜地瞄我一眼。我脫口而說：

「阿蘭！我要離開澳洲了。今天能認識妳是很高興的事，我想求妳的事是，以後無論清明或重陽，妳來掃墓時，盼能代我在二哥墳前點燃三炷清香。」

「阿笛，我很樂意幫你這個忙。你會再回來嗎？」

「離開這塊傷心地，我本來決心不再回來了。現在，我知道有那麼一天我將重返舊地的。至少，這兒還有我的兒女，還有我二哥的孤墳，還有我剛認識的新朋友。」

「我們萍水相逢，你好會開玩笑。」她側過臉，對我展示一個似有若無的笑意，然後灑脫離開，走向汽車。

「阿蘭，我說的是真心話。無論天涯海角，我都會懷念妳這位萍水相逢的人。」

「阿笛！祝你好運，再見！」

我目送她駕著紅色的賓士跑車離去，才猛然想起沒有問她要電話和電郵址，即刻跑步追著汽車，一邊大喊：

「阿蘭！阿蘭……」

她沒有停下車，應該是沒有注視到望後鏡竟有人在追她。我頹然地望著那部遠去的紅色車影，駛出墳場內的道路。

跑回自己的汽車，一陣掠過的清風掃落幾片黃葉，凝望墳場四周，掃墓者都已離開了。阿蘭像幽靈似地顯現後，又如幽靈般地隱遁了。

離開義地，迎向夕陽餘暉，落葉輕舞，彷彿是阿蘭清麗的身影走進我的瞳孔裡。

清明時節，風起時，路上斷魂的只有我一人……

二〇二一年七月十六日於無相齋，墨爾本第五次封城以防範新冠肺炎傳播

一簾風月閒

菊花開、菊花殘，塞雁高飛人未還，一簾風月閒。

——李後主

◇

春末陽光彷彿是透過黑洞滴落，不暖不熱，花展大廳人頭攢動，浮香盈溢，各色奇卉爭豔，百合、劍蘭、玫瑰、水仙、鬱金香、蟹爪菊、白蘭紛紛笑臉迎賓，吐放清香，展露顏彩，吸引眸光。

欣賞美不勝收的眾花姿顏，終於倦了，我步入展廳附帶的咖啡館。很幸運地在靠窗旁覓到座位，驚喜地發現玻璃窗外怒放著數不清的蟹爪菊，花叢邊有位白衣如雪的美女凝神觀賞，好像是藍男的枩影，不禁令我神思飛馳……

藍男哀怨的眼睛欲語還休，瞧著我時粉臉飄紅，她羞赧地移開視線，故作鎮定地調弄著她悉心栽植的菊花。黃的、白的蟹爪像要將我抓進爪中，每朵花都溢瀉著藍男幽幽的體香。每次告辭，總乞求她賜贈兩三朵盛開的菊花，帶回家插入花瓶中。晨昏痴痴觀望，往往在淡淡的香氣裡，猶如藍男顯現分身，恍惚中讓我難辨是花是人。

藍男和我同校同班，無邪的青春歲月匆匆流逝，高中畢業後各奔前程。我因家境非富裕而無法出國留學，而藍男因無兄弟協助家庭紡織業務，要幫忙管理織廠的行政工作。她閒暇時喜歡看書和蒔花，若非她知道我有千冊藏書，或許離校後我們便再不相見了。

借書、還書、彼此交換讀後感，成了我們繼續交往的主要原因，猶若除了書的話題，我們就沒有其他共同的興趣。她談起菊花時眉開眼笑，可是發現我一臉迷茫的表情，便識趣地將話題又轉回杜斯妥也夫斯基的《罪與罰》，或者果戈里的名著《死靈魂》。我這個書呆子就滔滔不絕地侃侃而談，藍男抿著嘴，像看菊花的神態安靜地望著我，耐心聽我評論那些各國文學名著。

送她回去，原想陪著到路口，推著自行車，踩著淡淡的月色邊走邊談，常常走了幾公里路到達她住家的巷口才驚覺。時間若還早，她默默地再陪我回頭走，到中途時彼此才笑著揮手。

我不清楚如此純潔的友誼，在對方深心裡竟已發酵，直到中秋夜聯歡舞會上，藍男伏貼在我肩膀，嬌羞呢喃耳語：「繁華，答應我不要和那些女孩跳舞，好嗎？」

眼前幽清芬芳如蜜的菊花香令我醺醺然，摟著她纖細的腰肢，我沒多想地隨口應允說：「有妳陪我跳，那些庸脂俗粉算什麼呢？」

距離拉近，友情的布幕扯落，我們才發覺邱比特的箭早已射穿彼此的心。

我開始喜歡菊花了，在天臺栽種了七八盆各色的蟹爪菊。澆花時，藍男婀娜嫵媚的姿影宛若花魂，蟹爪展顏，每朵花都化成藍男盈盈的淺笑。

我們除了書，多了一些有關菊花和思念的詞語，想到她時心跳加速，見面時無端臉紅，許多話，欲語還休，眉眼傳情，甜甜蜜蜜。

她不再大方，忸怩羞赧，像未開的菊蕾，沉默時居多，老望著我、盯著我，大膽到彷彿要將我完整無缺地吞噬入她深邃如夢的黑眼瞳。

藍男喜歡穿白衣，裙子千變萬化，碎花、純黑、棗紅、深藍條紋。她說本想做護士，無奈要幫父親管理工廠。行走在華埠瞧見白衣背影的女人，我往往誤會是藍男，一陣竊喜很快便化為失望。晚上必前往去敲那道鐵閘，有時在她繁忙工作中看看她，心底也踏實安慰。

戊申年（一九六八）的槍炮聲碎裂了我們編織的美夢，越共發動了總進攻，南越全境各省市皆成戰場，總動員令頒布後，我接到了徵召書，限時入伍。

家庭亂如麻，我在恐慌的氣氛裡去見藍男，她抿緊嘴唇，臉色蒼白如雪，我握起她冰冷的雙手，千言萬語竟哽咽喉嚨。

「繁華，媽媽迫我去加拿大找姐姐，她不許我再逗留，希望我在外國嫁人，因這裡不安全。你說，我們怎麼辦？」她垂首輕輕吐言，聲音低沉哀愁，猶如走上刑場時的心情。

「妳已是成年人，有自主權，怎麼可以對媽媽言聽計從？我從軍是暫時的事，只要和平或停戰，我就回來了。妳千萬別走，藍男！妳難道不珍惜這幾年的感情嗎？」我沒想到在入伍前夕，才知道藍男面臨著大困擾。心中徬徨無計，即將成為戰爭的炮灰，生死未卜，我怎能還有非份之想呢？心內難以割捨，只好苦苦求她反抗。

「我雙親已年邁，早想移居外國安享晚年，只是還有我在。兩年前媽媽已警告我，不許我和你往來。她怕你的出現會令我痛苦，你若是外僑，她絕不反對，她也為我好。繁華！我會等你，你千萬保重，多多給我寫信。」說完，藍男已泣不成聲。第一次，我放肆地用溫熱的嘴唇吻著她流瀉的淚水，緊緊擁抱，好像放手她就會變成小鳥振翼而飛。

兵燹連年，戰火燃燒，我隨著第七師步兵團，輾轉征戰於橡林及水草平原。報到受訓初期，藍男曾來探營，給我帶來了幾本小說、牛肉乾、豬肉鬆以及一袋曬枯了的蟹爪菊，說可以沖水喝。我把乾花藏入褲袋，想念藍男時拿出來放在鼻孔嗅，猶若她的體香從家中透過空氣飄至，心裡甜蜜充實。

軍旅征戰無定所，我寄出的信再無回函。每天在槍林彈雨中和敵軍廝殺，兒女私情早已隨著硝煙淡滅。生死邊緣所思所慮，是如何在這場荒謬而漫長的殺戮內自求平安。浴血肉搏時刻，敵對雙方剎那間皆幻變成野獸，再沒有人的思想、悲憫或同情，容不得半分猶豫和踟躕，刺刀、利刃對著目標，用敵人的鮮血換取自己的存活。我從恐懼害怕中漸漸麻木，屠殺的嘶喊過程，成就了我被提升為上士軍階。

一九七三年巴黎和談協約簽訂後，舉國騰歡，沒想到幾日後，敵軍違約突襲軍營，我的右臂掛彩，由韓國白馬師團的十字直升機，接載到芽莊市外韓軍駐地醫院醫治，因禍得福，變成殘廢傷兵得能提早退伍。

回到家，母親燒香還願，我草草拜過菩薩神明，便匆匆趕去找藍男。熟悉的庭園，凋萎一地的殘菊，心底一緊，彷彿在戰地被呼嘯的子彈射入胸膛，原先的喜悅遁隱，取代的是恐懼和忐忑不安。敲門，才知道廠房已易新主人，藍男一家早已移民外國。

真是晴天霹靂，我頹然倚立門外，較之手臂中彈更為痛楚，體內血液沸騰，眼眶淚泉奔湧。苦澀悲淒充塞心房，凝視枯萎的菊花殘軀，呼喚著：「藍男，藍男！……」

是夕，慈母步入寢室看我，無言地遞來信函，我掙扎著病軀起床，趕緊抽出信箋展閱。是去年初藍男出國前親自攜至，留給我的一封短簡：

「繁華，請原諒我等不到你回來，親命難違，不能因為我個人而累及父母，這個抉擇是我思量多月泣血而做的，你有多痛苦，我的痛苦必定比你更多更深也更濃。

人生！有許多無奈，尤其我們生逢亂世，只能認命，無論天涯海角，我餘生都會永遠懷念你，祝福你！

藍男　一九七二年底離家前」

我一遍又一遍、一個字又一個字地細看和默唸了，希望從她的字裡筆跡間，尋覓到更真切的訊息，或者感覺出她的去處。那段日子我到處查詢探問，藍男竟如她家前園的整園菊花，凋謝後再不展顏，茫茫人海再無覓處。

北方野狼撕毀和約，三月中大舉起兵攻占南越中部高原城市後，勢如破竹一路南下，到四月三十日攻陷了西貢，南越易幟赤化。

隨著難民潮奔出怒海，我大難不死得到重生，本來申請去加拿大，盼望天可憐見讓我能再遇到藍男，可惜因為右手傷殘被拒，最後才和家人被澳洲政府人道收容。

雙親對我的遲婚，頗為焦慮關心，生活安定後我到處刊登尋人啟事，然後日夜期待、盼望。這些期盼漸漸被歲月冷酷地推落失望的深淵。

心有所屬，藍男的形象、音容，揮不走，滅不掉，蹉跎著也習慣了獨身生活，父母如今也已放棄了催促我結婚的念想。

咖啡已冷，窗外白衣女子回眸一笑，是年輕的洋女士。喝下咖啡，苦味濃濃，我匆匆離桌，繞到花叢，面向朵朵蟹爪菊。白衣女子已走，藍男的幻影消逝，她的笑靨此時卻從百千朵菊花叢中顯現，我情難自禁痴痴地輕喚著她，她誦唸李後主的詞句，透過時空在我耳際繚繞：

「……菊花開、菊花殘，塞雁高飛人未還，一簾風月閒……」

仰首晴空，蒼天渺茫，千山萬水外的北國，也許藍男在前園持剪修花？或許，她正低吟著〈長相思〉？可能這些都完全是我的幻覺。恍惚間，蟹爪菊紛紛湧出竊竊的笑聲……

二〇二一年八月二日深冬，於墨爾本無相齋

不變的救贖

林秋自去年離婚後，性格起了些變化，公司女同事彷彿都是他的仇敵，當她們繽紛鮮豔的衣裙從他眼前飄過時，他往往會從腦中幻影裡湧現他那位冷酷的妻子，一腔怒火燃自心底。

天下的禍水越美麗越狠毒，沾惹上必後患無窮。四十歲壯年時期才妻離子散，這打擊若不是他生性堅強，肯定會從此沉淪。公司內的同事們幾乎都不知道，這位沉默寡言的電腦工程師已經離婚，女同事們卻從他端正五官的冷漠中敏感到些風暴，誰也不敢主動去招惹他。

主管的祕書才從人事部調來，風姿迷人，一雙鳳眼宛若能看透你的心靈，三十歲左右的女人全身燃燒著生命熾熱的青春，有一個驟然聽聞時很苦的姓名，她叫黃蓮。笑起時皓齒雪白地展露，令人有份甜膩膩的感受，鐵打的心遇上這張磁性充溢的容顏，很難會堅持拒絕佳人於千里外。唯有林秋例外，正眼也不瞧她。

黃蓮甜膩膩的心受到挑戰，她爽朗豪放的天性竟因這位電腦怪人而被衝擊。她出身名門，婚後相夫教子，工作無非要打發多餘的時間。她是一位虔誠到有些狂熱的教徒，是教區裡一組查經班的中堅份子，舊雨新知都領教過她傳教的熱情。她溫柔如水的性格裡，卻蘊藏著一份男子氣質，言而有信，一諾千金。

女強人施展渾身解數，集中精神決心向林秋的冷漠挑戰，朝夕相處，機會多得是。

「林秋！我叫黃蓮，請你多多指教！」她伸出手，他抬頭，勉強展顏，算是回答，又把視線集中到螢光幕上。她訕訕地縮回手，甜笑依然。休息喝茶時、午餐時，黃蓮很巧合地都會在林秋的桌邊，從此像一隻美麗的彩蝶飛繞著他。

「你故意冷，是心靈空虛，因為你沒有真正的信仰。」黃蓮輕聲而甜蜜地彷彿是自言自語，眼睛卻盯著他，像捕捉到獵物時那麼專注。

「妳不必白費心機，我是無神論者。」

「你原來不啞？肯開金口了！把苦惱講出來，心裡就會舒服些。」黃蓮喜形於色，啞巴肯開口，心機已沒白費啦！

林秋一口將杯中冷茶喝完，拋過一抹奇怪的眼光又回到電腦前，接收訊息時。電腦螢光幕顯現：「耶穌說，我就是道路、真理、生命。」第二行現出：「歡迎您參加查經班，黃蓮。」

回到家，想找個人談話也沒有，按下電視讓螢幕中的人聲迴蕩在空氣裡。早已經習慣了孤寂，這陣子有點反常，冷不防那張親切的五官就在腦中飄移，她的聲音也如蜜似地在耳際繚繞。他不知不覺地已經對她撤銷了防線。晚餐後，電話鈴聲擊破了他空寂的居室。

「林秋，請你仔細聽下邊這段經文：你們要彼此相愛，像我愛你們一樣，這就是我的命令。人為朋友捨命，人的愛心沒有比這個大的。」

「這對我有什麼關係呢？」

「關係太大了，你離婚並非全世界的人都欠你，天天苦著臉仇視人，你怎麼會快樂？假如你認識神的愛，你的生命會重生，你會活得更幸福快樂。」黃蓮柔情似水的軟語傳來，他心念一動，賭氣地說：「妳總是說祂全能，我就要求見證，用祂的全能讓妳愛上我，行嗎。哈哈！」

「無知的人是不該有妄求，神不會隨便給你見證，我已經在愛你了，難道你不知道？不愛你怎麼會千方百計要救你的靈魂？」她說。

放下電話，林秋痴痴地想念著她，她承認了愛，有夫之婦對他的一份愛。整夜輾轉難眠，黃蓮豐滿的態體在眼前火熱的地挪動，鰥居已久，漲飽的欲念竟折騰了他一夜。

林秋整個人改變了，女同事們再不必迴避他，他死去的心已經比靈魂先復活。那份對黃蓮的狂熱超越了他對宗教的探索，黃蓮若即若離，每次約會都將女兒一起帶出來。並試圖讓他明白愛的兩種層次：「我的愛是來自對神的虔誠，是愛你希望你得救，靈魂才會永生，不是你追求於我的那種人世的情愛，你明白嗎？」

「我要的恰恰是我即時能從妳的施予中，得到人世間的愛欲。神若全能應該能改變妳。」林秋痴痴地望著她，固執而認真。

「那是罪，全能者不會一邊解救你，另一邊用罪誘惑你。我沒有那份你對我的感覺。」

黃蓮第一次沒有要女兒陪她，在他客廳與他默默相對時，忽然被他粗野地摟進懷抱強吻。他瘋狂裡驟然發現摟抱的女人全身冰冷，滿臉淚水如泉湧瀉，爆發的欲念在驚異中全然冷卻。他忽然跪下來，像對仙女懺悔似地膜拜，站立面前的是有著高貴純潔靈魂的天使，他怎能存有半絲污穢的欲念呢？

黃蓮迷茫中淚痕未乾地駕車離開，公路上滂沱大雨，視線模糊，她的車蹤上迎面而至的大貨車。也許是神蹟？重傷的她居然逃過鬼門關，林秋愛憐萬分地輕輕握起她的手，內疚自責之情如刺似地戳著他的身心，幾乎為他捨命的這位紅顏，愛心還有什麼能與之相比呢？

「黃蓮！等妳出院後請為我安排，我相信是全能者派妳來救贖我，我如不接受祂，今生將永難面對妳。」林秋一臉虔誠，頓悟了神的真愛。

「你終於明白了我的愛。」黃蓮虛弱地展出一個如蓮花清純的笑意……

二〇二二年三月二十日初秋，於墨爾本無相齋

歲月的跫音

一、初履斯土

雅加達機場璀璨亮麗的燈火，彷彿懸掛夜空的珍珠，光芒使得月色與星輝黯然羞澀。大巴士駛到機場中央，在繪著袋鼠標誌的澳航波音七四七的前方停下。

黃坡抱著五歲的幼子，另一手攜帶隨身行李，太太小婉拖著九歲的女兒，後方緊跟著的是十一歲和十三歲的兒子。一家人慌慌張張地踏上登機的梯級，大家半跑半走恐怕被拋棄，終點已在眼前，誰都要爭先趕至，只要登上了那道鉛梯，苦難就算過去了。

空姐微笑地引領，黃坡全家都有了座位，兒女們好奇地擺弄椅背並掛上耳機，安全帶扣緊後巨大的飛機慢慢後退，然後在跑道上加速，越來越快忽然騰空而起，霎時間那串串閃爍的珍珠已在眼前消失了。

用過餐點後，心情漸漸平息，兒女們乖乖地安睡。飛機平穩地在萬尺高空航向澳洲，小婉靠在丈夫左肩，悄悄地問：

「你知不知道我們要到哪一個城市？」

「不清楚，有的說去柏斯，有的猜是去雪梨。我們沒有機票，又不懂英文，想問空姐也無法開口，管他呢！反正是到澳大利亞。」黃坡在她耳旁輕聲講，左手抓起她的右掌，拉至嘴唇吻。

「不要！」小婉掙扎地抽出手，輕拍他的大腿說，「老沒正經，虧你還有心情，我很擔心。」

「要擔心的事都過去了，剛才大家怕飛機不等人，只想到趕快上飛機。妳看，都是傻瓜，我們不是一般乘客，百多人集體被收容，航空公司已向難民總署收了機票錢，現在我們不是全都在飛機上了嗎？」黃坡又伸手握著她放在右腿旁的手，微微用力，宛如那道力是一股暖流，小婉溫順地承接過來。

「你知道我們全家只剩下這點點錢？我擔心的是到了澳洲怎樣生活。」小婉左手揚起了一張十美元，聲音裡透著掩不住的恐慌。

黃坡接過錢，臉上泛起了苦笑，人生真是難以想像，總有一幕幕令人意料不到的戲劇演出，變化多端。以前曾經捧著抬不動的鈔票，在冷氣室內點算現款，數錢數到手瘦背疼，動輒幾百萬送進銀行存放。這時，原來六口之家的總財產只剩十美元，要到一個陌生國家開始新生活，而那個傳說中到處跳躍著大大小小袋鼠的地方，卻全講英文。難怪溫柔似水的太太，從未經歷苦難的她會滿臉憂慮。身為一家之主，他心底也徬徨擔憂，但他生性樂觀，很快地找到了抵擋愁雲的理由，他想起母親常掛在嘴上的口頭禪，就說：

「一枝草一點露！有什麼好怕呢？妳忘了，大海裡的鯊魚沒有吞食我們，荒島上的烈日沒有將我們烤成人乾，我們到澳洲可以從零開始，種田、種菜或者做工、做苦力都行啊！」

「我不會拿鋤頭，你那麼瘦又怎能當苦力？孩子又要讀書，沒錢怎能麼過日子？」小婉的心懸掛著。黃坡早已把原先的煩惱拋開，他向來都相信天無絕人之路，苦難應該過去了。小婉性格內向，凡事都愛往壞處想；他恰恰相反，外向爽朗又樂觀。也不知怎樣，夫妻竟如何配搭到這麼巧妙。

晨曦初露，空姐忙著分派早餐，小婉推醒熟睡中的兒女，一家人津津有味地享用半年來最美味的西式早點。吃不完的麵包、牛油、甜醬，太太悄悄收起放進手袋，自己挨餓可以忍，兒女無論如何也要他們有東西入肚啊！這份慈母心思很自然地使她瞞著丈夫，將能拿的都要了。

飛機降落之後，黃坡才從懂英語的難胞口中，知道是到達了墨爾本。

機場稅關人員微笑地將小婉手袋裡的麵包、甜醬、牛油、餅乾拿走，同機者從印尼帶到的水果、食物也全被沒收。手續完成後，魚貫出到機場，沒有接機的親友，見不到任何熟悉的顏容。冷風刺骨，黃坡抱緊幼子，哆嗦寒意中上了開著暖氣的大巴士。車開動後，兒女們沿途尋覓袋鼠的蹤影。黃坡夫婦抿著嘴，四野荒涼的景色，使他們以為從一個戰亂極權統治的異域，淪落進另一個人間地獄。公路筆直，竟無行人、炊煙，途經的小城鄉，店鋪均重門深鎖。黃坡不知道星期天的墨爾本猶似戒嚴城市，澳洲人都到教堂或去海灘去球場了。

二、人間天堂

距離墨爾本市中心約三十公里的東南區，有個荒涼的史賓威小鎮（Springvale），建築了一座可容千餘人的移民宿舍叫做Enterprise Hostel。大巴士駛進了宿舍前的停車道，廣場前的歡呼聲響起，先前到達的難民們群集路旁，用眼光和掌聲迎接新到的天涯淪落人。望見那大班黑頭髮、黃皮膚的同種人，黃坡和小婉相視展顏，一份踏實感油然而生，起碼這個荒涼的新天地，至少也有會講相同語言的族人存在。那份喜悅甜蜜蜜地展現在彼此的笑意裡，心有靈犀，是夫妻長久以來美滿生活所形成，幸福寫照，大概也是如此罷了。

中心接待處設於地下室，桌上人人有一碟蛋糕和一杯熱咖啡，兒童們則是一小杯橙汁。站在講臺前的洋人是福利部職員，有宿舍經理，有移民部代表，由翻譯員楊梅小姐用親切的廣東話傳達。

有許多紙張文件要簽署，有許多表格要填寫，有許多規矩要記憶，大家反正看不懂英文，完全信任那位楊小姐。兒女們眼光望著蛋糕，小婉對他們搖著首，後來還是那位仁慈的移民官請大家先享用點心。黃坡端起咖啡，香氣洋溢，他有點恍惚的感覺，想不通這些洋人如此接待他們，有些什麼目的。瞧到別人都已在食著喝著，他才拋開那些不著邊際的胡思亂想，享用這杯濃郁香甜又久違的美味咖啡。

一切手續都辦好後，已經是晚飯時間，大家被帶到了食堂大廳，排隊拿了刀叉和碗碟，經過洋廚師面前，由他分配，有湯有肉，麵包、沙津隨意自取，熱茶、咖啡和橙汁免費供應。黃坡隨著隊伍拿到食物後，才注意到餐廳整齊排著座位和方桌，空的都可以坐，小婉帶了幼兒已找到位置，他和女兒也一起就位，兩位兒子興高采烈的地拿了一大碟沙津，一家人快快樂樂地享用生平最美味的一次晚餐。

直到填飽了肚子，狼吞虎嚥的食相有些不雅，但大家一則從來沒吃過如此豐盛的西餐，二則也不知道是否明天仍然真的如楊小姐所說，只要按時到來都能排隊享用。塵世間怎會有如此的社會呢？一時都難以相信。

領了門匙，沿著前廊，看著號碼終於找到了。開了門進去，三間睡房都是雙人床，衣櫃裡齊備了被褥和枕頭，廁所也換了新的廁紙，公共浴室在外邊走廊盡頭。

像旅館，黃坡揉揉眼睛，小婉也不敢置信，愕然望著這間擁有三個睡房的宿舍。孩子們歡天喜地，三兄弟擠一張床，女兒幸運獨擁一間房，黃坡夫婦那間是較寬闊的主臥室，多了一張書桌可供書寫之用。

「小婉，我們不是在做夢吧？」黃坡一把將嬌妻拉入懷抱，雙手摟著她，丹田一股暖流升起。他的眼光熱切迫射著太太，整整半年，不管是在荒島或者在膠園內的營帳，都是公眾場所，沒有任何私生活的環境。第一天踏上這場有如天堂的樂園，不費分文竟已可住進像五星旅館般的宿舍，兒女返回睡房後，他已急不及待地想找回逝去歲月裡應有的歡愉。太太泛起紅潮，雙手掙扎欲拒還迎，悄聲說：

「看你，他們還沒睡，一世人都如此猴急，我擔心不知道我們能住多久呢。」

「有家庭可以住一年，妳永遠擔心這樣那樣，沒什麼好擔憂的了。」黃坡將嘴印上她的唇，雙雙滾上床去。迷糊的呻吟剛剛響起，小婉如觸電雙臂用力把男人推開，黃坡錯愕地瞪視她，她抓起衣服輕聲說：

「我們不可以再有孩子。」她的話像冷水潑出來。

「噢！我真糊塗，明天妳去問問楊小姐，她也許會知道怎麼辦？」黃坡沮喪地鳴鼓收兵。

「怎能問這種事？怪難為情的。」

「難道要我做和尚嗎？妳不問我就什麼都不管了，讓妳像母豬，一年生一個。」黃坡轉過背，強將欲火壓熄。

子女按年齡大小被分配到中小學去上課，移民宿舍後方是成人教育中心，難民或移民們都要進修六星期至十二星期的英語課程。黃坡和太太同班學習，老師是位中年的修女，同學們有來自印支三邦的，也有的是東歐和非洲的黑人，像個小小聯合國，黃坡做夢都沒想到會重做學生。

小婉也安心讀英文，她不必為三餐張羅，甚至連床單也不用自己動手洗，每週一次去領廁紙和換新床褥。兩週後他們領到第一張支票，是福利津貼金扣除宿舍租金及三餐花費後所剩的零錢，居然還有六十餘元。大家排隊在辦公廳前「聯邦銀行」的小辦事處開了戶口，黃坡提取了二十元，放學後和太太行去史賓威購物商場。

他很浪漫地遛進西藥房，悄悄拿出楊小姐代寫的字條，購買了生平第一盒避孕套。然後到蔬菜店，把餘錢都花在購買各式各樣的水果，小婉睜著眼睛，不知丈夫瘋狂些什麼。

「你怎麼亂花錢呢？買這麼多的水果？」

「這些錢是天上掉下來的，妳還怕什麼呢？我們已經在天堂裡生活了啊！」黃坡開心地笑著說。

小婉臉上也展開了微笑，心底烏雲早已散去，食住無慮的日子確實像天堂。聽了丈夫的話，只好舒放心花，盈溢無限的喜悅。

三、從零開始

六星期的移民英語課程終於修完，黃坡和太太均領取了一張「畢業證書」，心底有點難以置信。僅以短短六星期如何能學會英文呢？聊勝於無吧，總比初到時強，如今已會講些簡單的應對，主要的還是對生活上的會話掌握了一些。

修女老師細心地教他們瞭解乘火車、巴士和電線車的方法，以及寄信購物、求職應徵的會話。黃坡接過證書時，猶如吞食了顆定心丸，遇到洋人再也不會擔心「雞同鴨講」；小婉卻仍然畏縮不前，早已是幾個孩子的母親，有他在時仍像是依人小鳥般，一切等他作主。

要適應這個新鄉，不能老靠福利津貼，黃坡心急地跨出宿舍，每天早餐後便隨同尋工隊伍到處求職，小婉後來也鼓起勇氣追隨。木廠、鐵廠的活幹不了，只好轉向輕工業加工廠。一次又一次被拒絕，黃坡的勇氣反而大增，雖然十句英文他僅明白兩三句，洋僱主還讚揚他很棒，他不覺間很有點飄飄然。

最終在一家生產汽車零件的大工廠，他覓到操作機器的職工，清早六時出門，乘火車再步行十五分鐘，在七時開工前趕到打卡。流水線作業，死板的動作，一人負責三部機器，一小時要完成五十個零件的切割。他想起往日在原居地看過「差利卓別靈」主演的默片，沒想到當年讓他發笑的主角，如今竟然是他的寫照。

第一天回到宿舍，他扔掉鞋就躺上床，四肢百骸彷彿離散而去，又像他剛從擂臺上，被對手不容情的拳打腳踏而敗下陣來。太太憐惜地拿熱毛巾為他擦面，用她柔弱的雙手幫他捶骨頭按摩，助他解除疲倦。

「小婉，妳別找這類工作，太辛苦啦，妳受不了。」

「我想做還沒人要呢。你能做的我也能啊！你忘了夫妻是同林鳥嗎？」她溫柔的手在他背後搓搓揉揉，雖無章法，但也讓他感到無比舒暢。

「可以找些較適合婦女體力的活幹，妳嬌生慣養，真的無法勝任工廠的粗工呢！」

「馬死落地行，鬼叫你窮，總要試試啊！」小婉心裡算過，一家六口不能僅靠他的薄酬維持，要早日搬出宿舍，就要有工作。那天她走入鐵廠，惹來一陣大笑，那班孔武有力的洋勞工，比比他們粗壯的手肌，再指劃她嬌小的身軀，使她紅著臉知難而退，她沒把這件羞人事告訴丈夫。

皇天不負有心人，失業部寫了一封介紹信給急於尋工的小婉，她單獨摸索前去那座皇家養老院，乘火車再轉電線車，約見她的竟是副院長，帶她到每一層樓參觀。主要工作是分配餐點和收拾碗盤碟子刀叉，要推著餐車按房號配給。她只要能被聘用，什麼工作都不在乎，猶如飢不擇食的災民，能有食物放入口，還管它好不好吃呢。副院長望著她時時展露的笑容，竟好感地給她簽了聘用合約。

小婉歡天喜地，好像中了六合彩頭獎似的，墨爾本深冬的寒冷居然沒令她卻步，人逢喜事，老天彷彿也調整了氣溫來祝賀她。全家人都因為她找到工作而興奮萬分，終於等到了她上班的首日，黃坡放工後回到宿舍，驚愕地看到太太蹲在床沿飲泣，他手足無措地靠近她，小聲地問：

「小婉，講給我聽發生了什麼。」

「哇！」她壓抑的委屈如山泉奔湧，見到他如找著了缺口，忍不住放聲號哭，「我沒用，搞不清楚那麼多老人的姓名，有的要加糖，有的不要加鮮奶，十四間住房每位都有不同的口味，教我怎麼辦？」

「噢！妳太緊張了。別怕，明天妳用一張紙先抄下房號，走一趟問那些老人要什麼，先用中文寫好，等派餐時對房號分配，不就沒錯了嗎？」黃坡輕輕摟著太太，拍著她的肩膀，教她解決的辦法。小婉才破涕為笑，黃坡將她按倒在床上，為她搥骨，以減輕她的勞累。兒女們放學後，齊繞著媽媽問長問短，幾雙手也在她身上亂搥，到了晚飯時間，一家人嘻嘻哈哈地去餐廳排隊。

由修女老師的協助下，黃坡一家提前遷出移民宿舍，在靠近小婉上班的附近租了一所房屋，教會贈送的舊家具應有盡有，居然還有個黑白電視機呢。

黃坡週末閱讀駕駛汽車交通條例，將從越南偷渡時隨時攜帶的駕駛執照拿去翻譯，排了考期，順利通過筆試。在歡樂過第一個聖誕節前，全家人一份共同的大禮物，便是花了三千元購買的二手汽車。找了六七處舊車展銷場地才選上。蒞臨澳洲才九個月，一切都已上了軌道，往後上下班和購物都不必再苦候公車了。小婉輪到假日或週末工作，也有汽車接送，溫馨的節日，全家人到達教堂，用充滿感恩的心情，參加了平安夜的彌撒。

四、理直氣壯

黃坡被調到工具庫，新上司馬俐，瞪著那雙湛藍的眼睛對他掃射，猶似對著外星人般地驚奇。如此唐突的洋人要成為他的主管，心裡不免有氣。反瞄他，胖嘟嘟的挺著個啤酒肚，三十歲左右的青春，把不可一世的神色統統溢瀉在五官上。

「Hi, Paul你竟然是東方人，為什麼會用道地的澳洲名字呢？」他伸出手皮笑肉不笑地假裝歡迎。

「東方人叫做Paul有什麼不對嗎？馬俐先生。」

「沒有，沒什麼，不過他們說要派Paul來幫忙，我是沒想到是個東方人罷了！」

「假如你不喜歡，我便回去原來的單位。」黃坡漲滿了一肚子氣，幾乎想轉身離開。

「呵，我沒那種意思，只擔心你不懂英文，原來你能聽也能講。工具庫以前有四位職員，如今只剩下我和你。倉庫收藏著幾萬件大小不一的種種工具，供應全廠的工程師、技師、機器維修員。千萬不能出錯，放錯抽屜就休想再尋到了。」他滔滔不絕，用那口難聽的澳洲腔，好像在顯示心底自以為是的優越感。

工具倉庫比中藥店的抽屜不止多上數十倍，一排排冰冷冷宛若停屍間般了無生氣。踏足如進了迷魂陣，前來索取工具的技師和工程師們，一般都極有耐性，有禮而客氣地接受那張東方人新面孔的服務。

胖子馬俐幸災樂禍般冷眼觀望他手忙腳亂，黃坡情願向來人致歉也不出聲要上司相助。後來他利用午茶時間，細心繪了一張倉庫平面圖，從電腦查出工具編號，立即按圖準確無誤地尋出所要工具。長龍隊伍終於不再出現，立竿見影的方法讓黃坡破了迷魂陣，只兩個星期他就扔掉了那張繪圖，工作已應付自如了。

馬俐極少開口，那對藍眼卻如監視機的鏡頭，時時追蹤黃坡的舉動。星期一是最繁忙的日子，不巧遇上停電或電腦有故障時，工作幾乎停頓。那些急需工具的工程師苦著臉，黃坡耐心地試著在成千上萬個抽屜尋尋覓覓，幸運時也能找到。馬俐腦袋沒存任何檔案，他根本不信沒有電腦的指示而可以找出工具，黃坡以事實證明，人腦也會發揮作用。

尤其是馬俐對四則算術與心算完全外行，停電時他只有乾瞪眼，黃坡卻用筆算繼續工作，令這位沒見過世面的洋人大驚小怪。但他絕不放過任何機會，對著電話強調將派一位「東方人」去取繪圖，黃坡明知他充滿種族岐視，也往往一笑置之。

黃坡性喜閱讀，早茶時捧著中譯本長篇小說《丁香與肉桂的女郎》，頗為投入地專心讀著。馬俐瞧到封面的裸體漫畫，笑著說：「喂！東方人，原來你喜歡黃色小說。」

他將書合攏，指著葡萄牙文的原書名（Gabriela Cravoe Canela）問馬俐：「你不懂是嗎？這是巴西的大作家Jorge Amado的文學巨著，不是你腦中的污穢色情。」

「東方人！你怎麼會看文學小說呢？」

「馬俐，我有名字為什麼你總要叫我東方人？」

「你本來就是東方人啊！」

「你是什麼人？」黃坡明知故問。

「澳大利亞人啊！」

「不，你是愛爾蘭人，根據你所說的『本來』，澳大利亞人就只是原住民，從現在起我就叫你愛爾蘭人，喂！愛爾蘭人，你們的大作家James Joyce寫的《都柏林人》有看過嗎？」

馬俐迷茫地搖頭，然後說：「我的祖先是愛爾蘭人，我在這裡誕生，我就是澳大利亞人，你從東方來，你不是澳大利亞人。」

「愛爾蘭人，我年初已入了籍，宣誓成為澳洲公民，法律上我已是澳大利亞人。你因為我是亞裔，便不承認我是你的同胞，這是歧視。」黃坡平靜地望著他講。

馬俐瞪著他，咬著唇，指著他的書說：「你和我們澳洲人根本不同，你看中文書，吃的是中菜，只是在澳洲生活的東方人，縱然是用澳大利亞護照，也不能改變你是東方人喲！」

「我絕不以東方人為恥，但討厭你叫我東方人。愛爾蘭人，你就算是在此出生，也改變不了你的愛爾蘭血統。只不過你的先輩比我早來，我的內外孫也將會在墨爾本出世，一樣有東方人血統，難道也成不了澳洲人？」

「這裡本來就不是你們的地方啊！」

「難道又是你們的地方？東方人和你一起工作時，有哪一點令你不愉快？為什麼永遠要看我的外表呢？」黃坡心中已全忘了他是上司，理直氣壯地問他。

「黃坡，我說不過你，你是很特別的人。」

「馬俐！」他伸出手，馬俐也把肉掌遞至，他說：「你終於肯叫我的名字，我才和你握手，知道嗎？愛爾蘭人！」

「我是澳大利亞人！」馬俐鄭重地對他強調。

「我也是澳大利亞人。」黃坡的聲音也極嚴肅。

「黃坡，以後我不再說Oriental（英文：東方人）了。」

「OK！馬俐！」他臉上展出個愉快的笑容。

五、家庭教育

小婉工餘喜歡租借些港產片集回來觀賞，以打發晚間那段空閒，這些肥皂劇的武打場面很吸引正在求學的青少年們。黃坡發現只要播放錄影帶時，兒女們均不約而同聚集客廳，全神貫注忘我地被影劇迷惑，很有其母之風，這個發現讓他擔心。兒女們的英文功課，他全幫不上忙，但卻可以督促。西方放縱式的家庭教育，是黃坡無法認同的管教方式。每日黃昏、晚飯後夫妻倆總習慣一起散步，看看各家庭園怒放的花卉，聆聽歸鳥啁啾，也傾談些彼此工作上的趣聞，自然也涉及家庭瑣事。

「小婉，妳有沒有注意到孩子們晚飯後都待在客廳？」

「有啊！他們都說沒功課，我又不會很深的英文，只能相信他們。」小婉對兒女幾近於溺愛，從不苛責他們。

「要妳不觀看電視劇，對妳不公平。我想到一個辦法，妳一定要和我合作，尤其是女兒和老么，會向妳撒嬌。」

「我沒想到是觀劇集的關係，沒有影劇看時他們也常對著電視機呢！」小婉有點申辯的意味，溫柔內向的她，更多的是順從丈夫的決定，凡事依賴慣了，也不想違背。黃坡的朋友們都稱讚他擁有一位古典式賢妻。

「妳還沒回答我，是否合作共同約束孩子們？」

小婉依偎在他肩膀，笑著說：「我幾時沒和你並肩作戰，問都多餘的。」

落葉如蝶舞，飄飄旋飛，秋風微涼裡，黃坡挽著太太的手回到家。他將兒女都叫到客廳，然後宣布：「從今晚開始，只許你們留在客廳看電視到七時，過了七時，你們四人都要回到書桌做功課，假期和週末不算，將來誰上了大學，禁令就取消，知道了嗎？」

「為什麼不給我們看電視？」

「不是不給你們看電視，而是限制觀看的時間。」

「我們沒功課做的晚上，可不可以到客廳？」最喜歡發言的老二出聲了。

「不可以。總之，學校上課的日子，你們都不可找藉口，中國和香港劇集要放假時才可以看。」

「爸爸！你要講出原因，合理就OK，不然我們要抗議。」老三以前的畏縮已消失，完全學足洋同學勇於發問的爽朗作風。

「劇集很吸引，看了就會迷，你們如每晚都追著看，必定沒足夠時間做好功課。讀不成書，將來難道像爸爸在工廠做粗活嗎？」黃坡耐心解釋。

「像爸爸有什麼不好？我長大要做倒垃圾工人呢！」老二笑嘻嘻，前不久才對他媽媽說要做偵探，害得小婉對他講了許多道理，如今又大發謬論，要大家想像社會上如都沒有人肯做的清潔工，將如何是好？他因此證明父母都犯了「職業歧視」。一場滔滔雄辯，終結還是改變不了限制到客廳的時間規定。

老么和女兒果然時常犯規，心軟的媽媽正想網開一面時，黃坡已寒著臉將兒女帶到書桌，拿出字典要他們查閱，這個辦法竟然生效，他們再也不敢用沒功課作為藉口了。

接近年假前，工廠正式開放一天，歡迎員工闔府光臨，黃坡帶領全家人去參觀。走入生產線的車間，孩子們均口出怨言，好臭的機油味使他們掩著鼻孔。黃坡對老二說：

「這麼淡的機油味你也怕，如何倒垃圾呢？你們如不努力讀書，長大後只能來這裡操作機器了。」

工廠頗大，經過塑膠部門，味道更難受。小婉也用手巾掩著鼻孔，走完後她才說：「幸好我沒在這裡工作。」

「爸爸，你每天都做這些髒工作嗎？」女兒問。

「以前是的，現在我已調到工具倉庫了。」黃坡邊說邊和前來的工友打招呼，最後將家人帶到他每天上班的工具庫。孩子們目瞪口呆地望著那千百個小櫃，對不怎麼精通英語的父親，能管理這麼多奇怪的工具都深感佩服。

「哈囉！Paul Wong，很高興見到你家人。」馬俐也來了。

「馬俐先生，是我的上司。」黃坡向太太介紹，她赧顏地伸出手，那雙湛藍的眼睛禮貌地對她注視，不忘讚美一番。讓靦腆的她泛上紅潮，心裡倒不覺得這個以前歧視丈夫的傢伙是那麼討厭。

回家途中，小婉微笑著說：「你的上司很有風度呢！現在和你相處得如何？」

「他再也不敢歧視我了。小婉，我們辛苦，下一代成長，讀完大學，絕對能和他們看齊。我們華族後裔，在白人世界必會被重視的！」黃坡對子女的前途充滿了信心。第一代移民，尤其是並無一技之長又無資金的難民，作為開荒牛的辛酸過程，也真是鮮為人知啊！

六、重建家園

聽到加班，馬俐必定搖頭，而黃坡卻心底高興，反正星期六也沒有什麼好去處，能多賺些錢，儲存得較多時，購買房子就較易應付了。何況週末的工資又平白多出將近一倍，因此，他樂得週六也工作。

「黃坡，為什麼週末你不去燒烤或釣魚？工作五天還不夠嗎？星期六也要來這兒，我真不明白你。」馬俐有次忍不住問他。

「你知道，我孩子多嘛！也還沒買房子，將來安定後，我也會像你一樣享受生活的。」想起房子，不禁把思維移回原居地，那棟三層樓的住宅，要是在這兒，自己就不必連週末也趕來工廠。馬俐命好，是土生的第二代移民，無須考慮兒女們的將來，當然星期六也不必再加班了。

幾年下來，夫妻倆吃苦耐勞，太太持家有方，懂得購買減價的食品，一年可省下不少開支。黃坡不沾煙酒也不賭馬，更不敢涉足花街柳巷，偶然買張六合彩，買個希望，所費不多，算算存款竟已儲蓄四萬多元了。

黃昏散步時，黃坡說：「小婉，我們買間房子，已經有錢供首期了。現在每星期一百五十元的租金白白給了業主，我算過自己供也多不了百多元呢！」

「真是太好了，至少要有四個睡房的，什麼地方好呢？」小婉每天散步經過那些栽滿鮮花的庭園，早已暗中羨慕，又不敢奢望，忽然聽到丈夫說可以購屋，怎不雀躍呢！「當然要有四間臥室，還要靠近學校，尤其是中小學都有的地區是最理想。慢慢找，我下星期先去和銀行傾談，如果他們算過而同意貸款，就開始看房子，好嗎？」

「太棒了，我們都是全職工作，又有四萬餘元存款，銀行一定會給我們貸款。」小婉開心到眉飛色舞，已想像著如何布置新居了，猶如明天就要遷入新居似的。那晚，她不禁輾轉難眠，讓一份興奮的情緒擾亂了平靜的心湖，美麗的漣漪擴散，苦盡甘來般的甜蜜，使她柔情似水地整夜緊緊摟抱著丈夫，彷彿只要她一鬆手，幸福便從窗口飛走似的。

黃坡夫婦約見了聯邦銀行經理，經理一看他們存款紀錄以及工資結算單，很快算出他們可以借到五萬元，而黃坡只想借三萬已足夠啦！

第二階段尋覓和參觀出售的房子，等週末及平日下班後，夫婦倆便到處看房屋，去不同的地方，以四臥室為目標，在屋利小鎮市區近圖書館的一條小街，找到一間寬闊的四房建築。前後花園栽滿了玫瑰花和果樹，火車站、巴士站、郵局和購物中心都在附近，對面是小學，中學要乘巴士，黃坡還想到了大學，去莫納殊大學十分鐘車程便到。經過一番討價還價，以八萬六千元成交，加上過名手續費、律師費、房屋保險費等總共是九萬一千元，小婉急到希望下月就能遷入。可是合約聲明是九十天期限才移交，兒女們也開心地爭論著誰應該擁有哪一間臥房了。

期待中的時間總像蝸牛爬行，榮遷新居之日，在闔府日夜企盼中姍姍而至，忙了一整天，才大功告成。澳洲人最大的夢想是擁有自己的房屋，蒞澳時黃坡全家六口身上只剩下十美元，前後不到四年，他們的夢想已成真。

晚飯後散步時，對鄰近環境越看越喜歡，畢竟，真正屬於自己的家園已建立了。小婉親熱地拉著丈夫的手說：「我們的夢比我想的更早實現，在飛機上我拿著那張十元美鈔，怕到想哭呢！」

「妳真是太易滿足，我的夢想是孩子們都能載上方帽，完成大學課程，我們做父母的責任也算盡到了，到那時才了無牽掛。」黃坡望著愛妻的側影，堅定地說。

「我才沒你想得那麼長久，兒女們都很乖，應該能如你所願。不過，能安居樂業，不必像以前逃難，我真的很滿足了。」小婉的聲音柔和悅耳。

「說得也對，我們都是平凡人，能夠安適地過日子，就像現在般，衣食住行都無慮，已經很好啦！」天邊晚霞如畫，七彩繽紛，清風拂面，鳥語花香醉人。他們踏著夕陽，儷影雙雙，幸福正注滿心頭。

七、夢幻成真

牆壁上排列著的相片，是黃坡親手掛上，他戴了老花眼鏡後，顯得更成熟穩重。他喜歡駐足逐一細細觀望：第一張是老大考取會計學位，穿著黑袍手持文憑，略帶微笑的畢業照；旁邊是新婚夫妻及孫女的全家福。

第二張相片是當年愛發謬論、想當偵探想、做清潔工的老二，站在墨爾本大學禮堂前，神采飛揚地掛著張娃娃臉，方帽寬鬆，宛如頑皮地從他人頭頂隨手取來套上，手裡拿著的是電腦科學系碩士文憑。

第三張是清麗脫俗的女兒，身上那襲黑袍飄飄，猶若要隨風而飛，她腆顏的神態像極了小婉年輕時的樣子。恍惚間，他往往神思飛馳，分不清是女兒抑或是當年追求的太太。「皇家理工學院」的工商系文憑拿在左手，右手搭在母親肩膀，母女竟如姐妹般親密。小婉樂天知命，心境開朗，容顏依然留駐了青春，時間並沒惡意地傷害到她。

第四張是年初才掛上的，幼子不脫稚氣的五官，卻充滿了一份溢瀉的自信，也是站在墨爾本大學校園，教育科學系學士，墨大若非碩士學位是不能載上方帽的。黃坡很不以為然，學士應該載方帽才對，也不知是誰定的怪規矩。

右邊牆上也依次掛著五張文憑，多出一張是老大升任經理後，由公司派去雪梨修讀短期「退休金計畫高級行政管理」證書。

家比以前清靜多了，老大婚後另築新巢，老二在五年前就自個兒獨立，忽而歐洲，忽而亞洲，各國到處飛。女兒工餘時常和男友拍拖去，老么也有一份臨時工，在家的時間不多。週末孫女回來，冷清的房子才再見生氣勃勃。

黃坡仍然喜歡看書，晚飯後依舊和老伴在附件散步。

「小婉，今天我細細看了一次相片，記得嗎？我說過的夢幻，如今已成真了。」黃坡拉過太太的手說。

「好快啊！已經十五年了，怎麼不記得？你的夢幻也就是我的啊！只是我順其自然罷了。」

「過日子時，我彷彿聽到歲月奔馳的跫音，趕啊趕！現在已都擁有了，可以放鬆慢慢走啦！」

「你真是幻想，歲月無聲無息，日月運行豈有什麼聲音呢？」小婉甜笑著，幸福寫在慈祥的姿容上。

「家裡那面掛鐘，秒秒分分『滴得，滴得』地叫響，妳細心聆聽，就知道不是幻想，那不就是歲月的跫音嗎？」黃坡踩踏著後街乾枯的楓葉，寂靜住宅四周有不停鳴叫的鳥聲起落。太太依偎在他身旁，夕陽下寂寂的長街，響起的是他們細碎的跫音……

二〇二二年二月十八日季夏，修訂於墨爾本無相齋

語言文學類　PG2855　秀文學49

歲月的跫音

作　　者／心　水
責任編輯／洪聖翔
圖文排版／陳彥妏
封面設計／陳香穎

發 行 人／宋政坤
法律顧問／毛國樑　律師
出版發行／秀威資訊科技股份有限公司
114台北市內湖區瑞光路76巷65號1樓
電話：+886-2-2796-3638　傳真：+886-2-2796-1377
http://www.showwe.com.tw
劃撥帳號／19563868　戶名：秀威資訊科技股份有限公司
讀者服務信箱：service@showwe.com.tw
展售門市／國家書店（松江門市）
104台北市中山區松江路209號1樓
電話：+886-2-2518-0207　傳真：+886-2-2518-0778
網路訂購／秀威網路書店：https://store.showwe.tw
國家網路書店：https://www.govbooks.com.tw

2022年10月　BOD一版
定價：300元

讀者回函卡

國家圖書館出版品預行編目

歲月的跫音 / 心水著. -- 一版. -- 臺北市：秀
威資訊科技股份有限公司, 2022.10
面；　公分. -- (語言文學類 ; PG2855)(秀
文學 ; 49)
BOD版
ISBN 978-626-7187-19-7(平裝)

857.7　　111015275